ALFRED JARRY

Les Jours

et les Nuits

ROMAN D'UN DÉSERTEUR

PARIS

SOCIÉTÉ DV MERCVRE DE FRANCE

XV, RVE DE L'ÉCHAVDÉ-SAINT-GERMAIN, XV

—

M DCCC XCVII

DU MÊME AUTEUR

Les Minutes de sable mémorial. . 1 vol.

César-Antechrist. . . . . 1 vol.

Ubu Roi . . . . 1 vol.

LES JOURS ET LES NUITS

ALFRED JARRY

Les Jours
et les Nuits

ROMAN D'UN DÉSERTEUR

PARIS

SOCIÉTÉ DV MERCVRE DE FRANCE

XV, RVE DE L'ÉCHAVDÉ-SAINT-GERMAIN, XV

M DCCC XCVII

LIVRE I

EN WAGON

> Le soldat, en France comme en Prusse, n'est plus qu'un homme enchaîné ; c'est un fugitif au premier moment de liberté, quand l'occasion s'en présente.
>
> *Le Bon Militaire*, par M^c DE BOUSSANELLE, brigadier des armées du Roi. Paris, 1770.

I

« Te tairas-tu, sale rouquin ! » dit
Ilane en montrant le poing à l'oiseau
dans sa cage invisible. — « Kou ! »
répondit sa très haute note de violon-
celle, crue en intensité au bruit des
convulsions de la fille dans le grand lit
par terre, blanc jusqu'au mur et à la
porte et sous la grande armoire de chêne
dont le vantail, aux heurts, barytonait.
L'autre couple, Margot et Valens, se
déplaça amusé un peu et effrayé, une
griffe lancée d'Ilane ébouriffant Margot.

et signant en travers Valens au ventre.
Sengle (1) trouvant drôles aussi ces
péripéties d'un labeur monotone, re-
muait à peine et respirait sans bruit,
joyeux d'être à l'abri, au-dessus des
bras latéralement écartés selon le mouvement de rames, comme on dit que
peut le plus souvent éviter l'anguleuse
patte empoisonnée le mâle de la taren-
tule.

Il y avait beaucoup de choses puériles
dans la chambre, une tortue grattait et
éraflait, faisant mobile une petite lampe
bleue agrafée sur l'écaille; et il y avait
un réveille-matin en forme de crâne et
frotté de phosphure de calcium, dont la
mandibule marmonnait et tremblait,
et qu'on ne laissait réveiller jamais, son
déclanchement nécessitant une trop
laide grimace. Et il y avait une ardoise

(1) SINGULUM : Sans avoir m'a laissié tout sengle
(Rutebeuf).

où Ilane, pour un pari, avait dit Sengle, plus puéril que tout le reste, inscrivait de temps en temps, effaçant le précédent, un chiffre. Et il était minuit seulement à l'unisson de l'ardoise et de l'horloge.

La chambre et ceux qui étaient dans la chambre et leurs actes furent les mêmes les autres heures de la nuit, Sengle et Valens répondant peu aux filles parce qu'ils pouvaient plus intelligemment parler entre eux, et ne parlant pas entre eux parce qu'ils se comprenaient assez d'être ensemble. Le jour vint apporté dans les voitures de maraîchers, comme le roulement d'une mer recroquevillé dans une porcelaine; et après une discussion entre les quatre pour savoir s'il était écrit 17 ou 18 sur son ardoise, Sengle proposant d'effacer et de recommencer tout, les deux couples sortirent en deux tandems,

parce que pour ce qui suit Sengle avait
besoin que sa fatigue fût grande, et son
frère l'avait accompagné partout parce
que cette chère tête devant lui et non
un astre plus jaune ou plus blanc distinguait de la nuit le jour, afin qu'il ne
fût très malheureux.

II

PREMIÈRE NUIT

Les Champs-Élysées, du brouillard,
quelques cyclistes, comme eux tout à
l'heure. Sengle re-vêtu correct diffère
de la foule exspectante devant le palais
de l'Industrie en ce qu'il n'a pas au chapeau le carton triangulaire enluminé
avec un numéro, assez gros. Des camelots vendent ce souvenir, et d'autres
plus chers pour encadrer, protestent à
ceux qui les refusent qu'un numéro est
indispensable afin que là-dedans, part
de bétail déjà, on ne vous vole les habits.

On attend sur les bancs, peu disci-
plinés encore, potaches surtout dans
cette grande classe, avec la drôlerie des
pions gendarmes.

Puis on est nu dans une autre salle,
l'anthropométrie commence; des gendarmes toujours, sous leur couperet
bleu, et des marchands galonnés. On
va être pesé à la balance de cette potence qu'on dit la toise; pourvu que
Sengle ne soit pas assez lourd. Mais
en attendant il y a une odeur chaude
de moutons tondus, cela est indifférent
de monter les marches et d'apparaître
hors de la tourbe comme un jeune dieu;
mais les atomes visuels et tactiles des
autres corps sont trop près vraiment.
Que cette potence n'est-elle couronnée
du cercle de pluie d'une douche! On y
crucifie un petit homme fort laid, et un
des galonnés enfonce ses pouces dans
ses aines rousses. Service auxiliaire,

proclame-t-on. Pris dans la file indienne, Sengle a monté les marches, n'a pas le temps de se reconnaître. Une tape sur les muscles, bon pour le service, la voix et la poussée en même temps, vers ses habits.

« Il faudra couper tout ça, » dit un gendarme, parce qu'il a les cheveux longs.

2.

III

Sengle libre est condamné à mort,
et il sait la date. Et voici que vogue
son lit de tôle blanche en forme de
gondole. Sengle comme le roi oriental
a le corps pris jusqu'à la ceinture dans
une gaîne de marbre noir, qui montera
encore; et il lui souvient d'une promenade qu'il fit dans un bois avec son
frère dans un état d'esprit tel que s'il
avait pris du haschisch. Son corps marchait sous les arbres, matériel et bien
articulé; et il ne savait quoi de fluide

volait au-dessus, comme si un nuage
eût été de glace, et ce devait être l'as-
tral ; et une autre chose plus ténue se
déplaçait plus vers le ciel à trois cents
mètres, l'âme peut-être, et un fil per-
ceptible liait les deux cerfs-volants.

« Mon frère, dit-il à Valens, ne me
touche pas, car le fil s'interrompra aux
arbres, comme lorsqu'on court avec le
cerf-volant sous les poteaux du télé-
graphe ; et il me semble que si cela
arrivait, je mourrais. »

Et il avait lu dans un livre chinois
cette ethnologie d'un peuple étranger
à la Chine, dont les têtes peuvent voler
vers les arbres pour saisir des proies,
reliées par le déroulement d'un peloton rouge, et reviennent ensuite s'adap-
ter à leur collier sanglant. Mais il ne
faut pas qu'un certain vent souffle, car,
le cordon rompu, la tête dévolerait
outre-mer,

Semblable à son frère Valens, qu'il saura loin pendant dix mois, Sengle libre s'éloigne du soldat, et il revit son passé comme le présent de Valens, comme des impressions qui lui plaisent et sont donc les seules vraies de son âme. Et voici l'autre salle de révision où il passa auparavant, dont le souvenir est revenu vers le lit blanc en forme de gondole.

Dans un vaste atelier rouge et gris, sous l'oasis d'une grande lampe. Severus Altmensch, l'eunuque juif; Raphaël Roissoy, le peintre hôte; Freiherr Suszflasche, l'esthète allemand célèbre; le publiciste Bondroit; une petite fille, de son métier modèle, dite Huppe; et Sengle lui-même.

Huppe ayant expliqué à Sengle qu'il lui serait agréable de voir et d'avoir son corps, comme elle avait eu celui de Raphaël Roissoy et antérieurement celui

de Bondroit, et n'espérait pas avoir
celui de l'esthète allemand, Sengle
•lui répondit qu'il serait plus drôle de
voir, s'il n'était possible que Huppe
en usât, celui de l'eunuque juif Severus
Altmensch, car au fait personne ne
savait s'il lui manquait tant qu'il fût
eunuque, ou assez peu pour le marquer
seulement juif. Et on s'avisa d'un artifice. On proposa ce jeu, licite dans un
atelier, de tirer au sort qui monterait
nu sur la table à modèle ; et sans tri-
cherie, quoique Sengle eût prédit que
cela écherrait, le sort tomba sur Severus
Altmensch. Lequel ayant refusé d'obéir,
Sengle le maintint par les épaules
— du bout des doigts — et Huppe
ôta...

Severus Altmensch apparut nu, sauf
ses pieds, plus difformes d'être devinés
seulement au fond de bottes exagérées.
La poitrine creuse, le ventre saillant en

arête de tétraèdre, les bras pareils à deux lattes, les jambes faunesques — d'un faune qu'on aurait châtré, par pudeur, sur une estampe — et tous les membres s'articulant en des sens imprévus. Partout végétait un astrakan bouclé de vigogne ou de lama, laine évoquant le suint; et de ses ongles taillés en griffes il effilait vers sa poitrine le penil triangulaire de son ventre énorme, la pointe en haut.

Huppe voulut pour lui des complaisances complètes; Severus poussa de petits cris, minauda et la mordit au sein. Elle n'obtint aucun résultat, car il était masochiste, fétichiste et basochien, et se tordit sur le tapis, en suçant le bec d'un paon empaillé.

Selon l'ordre du sort, Freiherr Suszflasche se dévêtit presque aussi ignoble, arrêté, âgé de vingt-quatre ans, dans sa croissance à douze, comme l'exige de

ses pareils Schopenhauer ; les os seuls
et le ventre vivant.

Raphaël Roissoy, beau de traits et
de s'être fait une tête, le corps trop
femme du Saint Jean-Baptiste de Vinci.

Bondroit, bien ; et le dernier, Sengle,
le plus harmonieux, trouva-t-on, et le
corps le plus chaste, malgré l'air trop
modèle d'atelier de sa moustache com-
mençante.

Et comme il n'y avait que six corps
nus, il n'y avait pas d'attentat public à
la pudeur. Soudain sonna — et Bondroit tout nu lui alla ouvrir — Mon-
crif, d'une laideur rousse presque aussi
recroquevillée que Severus Altmensch.
L'entrant, stupéfait, craignant un para-
doxal viol, alla s'asseoir, caparaçonné
toujours de plusieurs mac-farlanes. Et
tous eurent de lui une horreur profonde ; car, septième, quoique vêtu, il
constituait l'ATTENTAT.

Et les six disparurent dans la fumée
de la grande lampe, le verre s'étant
fêlé; et scandalisés du présent Septième, coururent vers des vêtements,
nu-pieds sur les coupures.

IV

ÉTEIGNOIR

Sengle, qui aurait voulu être réformé
avant qu'on lui coupât les cheveux, se
demandait anxieux s'il allait l'être ou
non avant le plongeon dans la livrée
sordide. Il n'avait vu de près qu'une
fois un militaire : par hasard, dans un
wagon de troisième, près de Brest, un
rapatrié tout nu sous sa capote et son
pantalon. Par les trous des poches on
voyait la peau sale. Il sentait le bran,
la fièvre, le sperme, le cirage et la
graisse d'armes. Les habits qu'on jeta

3

à Sengle avaient manifestement essuyé plusieurs corps de Tonkinois. Sengle comprit l'utilité au régiment des caleçons contre le contact de ces doublures. Désinfectées, soit, physiquement; mais les relents y restaient en esprit. Détail aggravant : les chaussures. Tout ce qu'il y a de plus petit, chercha-t-il. Et il s'enlisa dans des boîtes de cuir de vingt-trois centimètres, laissant place au roulis et au tangage, râpant le talon de leur flux et forçant le cou-de-pied à des gymnastiques inconscientes pour les retenir, avec l'hypocrisie d'un capitonnage de viscosité noire.

Symétriquement, une crasse pareille maintenait souples les cuirs du képi. Des boutons de larbin incendiaire avec leurs grenades, montait à son nez le vert-de-gris. Et les manches de la veste étaient longues — les mesures régle-

mentaires prévoyant une différencia-
tion moins visible, par le raccourcisse-
ment des bras, des anthropoïdes dont
les pieds étaient des mains, mais dont
les mains étaient des pieds aussi, semblables à la méduse marine qui n'a
qu'un trou pour anus et bouche.

Le caporal était plus à l'aise pour ne
pas lui dire Monsieur.

La théorie dans les chambres — les
nouveaux habillés debout « dans une
attitude militaire » autour du gradé,
regardant avec orgueil, paysans la plu-
part, leurs martiaux costumes — fit
plaisir à Sengle, car il y apprit ce que
signifiaient les galons, et à distinguer
les grades. Ne s'étant jamais soucié de
cette ferblanterie, par paresse et dé-
goût instinctif, on lui en entonnait et
ingurgitait sans fatigue la science.

« N'y a plus de Monsieur ici. On

doit me dire Caporal et non Cabo. Pas
Mon caporal : on ne dit Mon qu'à
partir d'adjudant... »

V

ITINÉRAIRE

Après qu'un ancien lui eut fait son lit, dont les draps lui parurent terriblement sales, sous les couvertures de prison, tout gris et brun, couleur de souris et mulots, il s'endormit dans le bruit et le courant d'air des deux grandes portes.

Lui qui avait peur des glaces se mirait par ces baies dans d'autres militaires.

Là cloison de bois sombre entre les bat-flancs le dominait, comme des man-

geoires d'écurie ou des portières de
wagons de troisième classe. Des mains
obscures secouaient par leurs vitres
des harnais puants dont il ne savait
pas le nom. Le train roula vers des
Amiens et des Lille...

Les maisons rougissent à mesure que
le train s'enfonce vers le nord : elles
fument dans de la terre cuite et leur
bouche arbore les lettres : ESTAMINET.
La route est poudrée et poncée avec la
cendre de pantalons rouges très anciens
et décolorés. Dessous ferraille sous les
voitures un pavé horrible. Et le nord
moderne a ceci de très semblable aux
antiques Ecbatanes, que les villes sont
restées, comme le premier homme, de
la terre rougie au soleil.

Le train roula vers des Amiens et des
Lille ; il passa Halluin et Menin.

Puis voici les seigles mouillés et les

arbres qu'on ne distingue bien qu'au
coucher du soleil, car à cette heure-là
ils sont très exactement demeurés ce
que les a faits Memling, pas autre
chose que de grandes plumes frisées.
Après, tout est gris, et on ne voit plus
d'horizon, du tout. Parallèle au train
court un remblai, sous les fils du télé-
graphe. Et conformant son parallé-
lisme aussi à ces fils d'arpentage, la mer
détonne et moutonne profonde de trois
ou quatre mètres, et derrière il n'y a
rien que du ciel couleur de sable. On
a dépassé les Bruges où les trains
s'arrêtent dans des cathédrales et où
les maisons des petites rues s'habillent
en singe mourant ou cuisse de nymphe
émue ; où sur la place buveuse de bière,
une petite bonne femme vend des chandeliers en terre verte. La nuit est tout
à fait sortie de la mer, et les vagues
allument en large de grandes scies de

phosphore smaragdin. Le train roule le
long des plages où les seuls arbres sont
les mâts des dominicaux tireurs d'arc...

Sengle passa Halluin et Menin et ne
s'éveilla qu'au premier gendarme belge.

C'était le fourrier qui le tirait par les
pieds :

« Debout ! le major vous demande. »

Mal réveillé il descendit dans sa
culotte sanglante et sa veste de groom
aux boutons coupants. Le sergent-
major mandait sa littérature pour la
traduction d'un logogriphe de journal,
auquel il ne comprit rien d'ailleurs.

Après divers escaliers ensuite, il par-
vint dans la cour, l'immense vase nocturne des quatre bâtiments militaires,
diffusément éclairée par la neige, sou-
frée à un coin du jaune des fenêtres et
de la fumante cheminée du poste.

Un chant très beau aux paroles indis-

tinctes montait d'un flamboyant sou-
pirail, bouche de l'alleluia de toute la
foule bretonne d'un pèlerinage, ou truchement du bruit qu'entendit sur la mer
putréfiée Samuel Taylor Coleridge, autour des esprits célestes :

... De doux sons sortent très lents de
*   leur bouche.*

Autour d'eux quelque temps chaque doux
*   son flottait ;*
Puis il montait
Comme une plante
Vers les soleils.
Puis des soleils redescendaient des sons
*   pareils,*
Tantôt mêlés, tantôt tout seuls, en chute
*   lente.*

Parfois
Tombait du ciel comme un chant d'a-
*   louette ;*
Parfois
La mer muette

Se peuplait du gazouillis des oiseaux des
  bois.

Ou c'était une flûte solitaire
Ou le concert de tous les instruments con-
  nus,
Ou le chant de mystère
D'un ange ouï par les silences continus
Du ciel et de la terre.

Et Sengle resta très longtemps à
écouter le cuisinier filtrant le café mati-
nal à travers une chanson obscène.

Sous la lune, le cadran écrivit d'une
grimace muette : quatre heures.

Sengle remonta vers la chambre de
son peloton, ou vers une quelconque
entre la multitude des portes et des
étages tout pareils, et vit dans plusieurs,
à la place d'où il était parti, des corps
uniformes au sien, peu en relief sur le
plat des lits. Comme il retrouvait sa
vraie couche, un son bondissant courut

sur la haute planche à bagages, un vieux tambour nu-pieds glissait le long des tablettes, tamponnant sourdement sa caisse déposée là, et avec une grande rapidité versant sur les poitrines des dormeurs paquetages et sacs à la file.

Un peu de silence recommença, et, vers l'attente du clairon terrible, le jour commença d'aplatir son groin givreux aux vitres.

VI

PRÉSENTATIONS

Coup de sifflet. Dernière halte. Il est
venu un tas de gens, le général avec,
c'est bien possible, tous soldats militaires, trimballant un machin doré,
qui est l'étendard, érigé sur le ventre
d'un lieutenant très fier (c'est l'étui des
dépêches, disait le héraut d'Aristo-
phane). Et puis il y a un tas de pierres et il
est confortable de ne pas descendre de
machine et de rester assis arrêté, le
pied gauche sur un pavé. Il n'y a qu'à
remuer un tout petit peu le pied droit

pour repartir. Il serait tout de même plus militairement poli, pense Sengle, de mettre pied à terre, et de s'appuyer seulement du coude sur la bicyclette, car voici le général qui est en face et présente son sabre, les tambours qui battent aux champs, tous ces pauvres bougres ont gardé le sac au dos et présentent les armes...

Autre coup de sifflet. Par le flanc droit. Marche.

Sengle endormi et assourdi roule monotone, comme un écureuil dans la rotation de sa cage tourne une serinette, derrière la clique, devant la musique qui le talonne, essuyant la boue aux fesses des précédents tambours.

Le soir, le sergent :

« Vous en avez un toupet, vous ; vous n'avez pas salué le drapeau.

4

— Le drapeau? dit Sengle. Je ne l'ai pas fait par bravade. Saluer le drapeau, ça ne me serait pas venu à l'esprit. Et puis, j'étais très occupé à regarder saluer les autres.

— Le général compris. Pourvu qu'il ne vous flanque pas trente jours de prison. »

Le lendemain, au rapport :

« Quinze jours de prison aux soldats Mathurin, Kerlevezou et Gautier, qui, étant dans la chambre, derrière les carreaux, ne se sont pas découverts quand on a sonné au drapeau dans la cour du quartier. »

C'est tout.

VII

Comme le sergent-major l'avait mandé le premier soir, Sengle fut convié par ses officiers à venir faire le poète décadent chez Madame la Colonelle, où il commit la gaffe de ne point paraître, d'ailleurs ; et le lieutenant Vensuet, chargé d'un cours de littérature aux fourriers, leur lut de la littérature de Sengle.

Et il lut à Sengle, l'ayant appelé chez

lui, de ses vers (il en avait fait), avec
cette épigraphe bizarre :

> « Le meunier des noces avait
> perdu son petit-fils. Il monte à
> l'échelle. Il met un clou à la
> porte. A l'araignée : « Et mainte-
> « nant toi, la Clou-en-Croix, file
> « ton mur. »

« **Pastorale**

« *L'espoir des prés et le sourire du ciel*
  calme
Regardent vibrer l'air aux trilles du ga-
  zon.
Un ormeau céladon évente de sa palme
Le soleil altéré qui sue à l'horizon.

« *Frisant sur les chapeaux les rubans*
  pendeloques
Le vent rougeoie et rit à l'araignée en
  deuil
Tirebouchonnant aux nuques les lourdes
  coques
Des manteaux d'arlequin à la scène du
  seuil.

« *Un aigre violon a grincé dans la*
*   grange ;*
Et vers le son moteur de pantins les dan-
*   seurs*
Par l'aire ont marqué nets leurs talons
*   sur la fange.*
La barque de l'archet vogue en rythmes
*   berceurs.*

« *Voici les cloches des dimanches et des*
*   verres,*
Les timbres orfévris des mantelets pen-
*   dants,*
Les mandolines de cristal vert des trou-
*   vères,*
Les trompes chalumeaux léchant leurs
*   cris ardents.*

« *Le soleil cramoisi sur les plaines s'es-*
*   suie.*
Les couples deux par deux se hâtent vers
*   l'abri.*
Le branle des sabots bruit plus près sous
*   la pluie.*
A quand les diamants de l'arche coli-
*   bri ?*

4.

« Les jets ont flagellé. Les paumes des
    deux pôles
Fouettent de l'eau de leurs flèches les bois
    ventrus.
Le tonnerre tombant tintamarre ses tôles
Dont décortiqués se tordent les damas
    drus.

« Dans le cercle fermé de mes doubles
    prunelles
Les feuilles ont dormi sur le mur de ma
    croix.
Voici se resserrer les griffes éternelles
Qui recourbent la tiare au chef crossé des
    rois.

« L'aurore du jour d'or rose a dissous les
    spectres.
Au faix de plus lourds pieds la fleur des
    champs se meurt.
Le Temps de gauche à droite au roulis de
    ses plectres
Balance l'essor des chordes, comme un
    semeur.

« Le chant de cheminée a bleuté sa volute.

La source grillon aux algues du frais
   berceau
Palpite ses gouttelettes en trous de flûte.
Le billon a bondi du tambour du ruisseau.

« De ceux qu'ont transis les espérances
   charnelles
Égrenant la vertèbre en les sépulcres
   froids
Pour celui qui honnit le dôme de nos
   droits

« La sarcelle grise ahurit au grand soleil
L'ivoire courbé pair au front bas des
   taureaux.

— Vers d'officier, » dit respectueu-
sement Sengle, comme une femme dans
une maison flatte selon son métier le
bibi de deuxième classe.

Vensuet, qui était vraiment intelligent, rougit.

Il professa que ses deux galons n'é-

taient qu'outils de son gagne-pain, qu'il
était anarchiste, et en art, et tâcha de se
révéler informé.

« Je suis au courant de toutes les
tentatives jeunes. Je ne me contente
pas de lire nos grands poètes *contem-*
porains, Victor Hugo et Alfred de Mus-
set. Je sais par cœur Maupassant,
Zola et Loti ; j'admire l'*insondable*
abîme du livre de la Pitié et de la Mort.
J'ai été voir jouer *Trimardot*. Que les
mœurs des paysans y sont naturelle-
ment observées ! Le type du fermier
au milieu des siens mourants qui ne
pense qu'à ses bœufs. Les déclama-
tions de Trimardot *jurent* un peu, pour
leur lyrisme, avec cette fidèle étude ;
mais qu'elles sont hardies, et quels
beaux vers ! Étiez-vous à *Trimardot?*

— Ailleurs, dit Sengle, mais où j'ai
éprouvé des jouissances toutes pareilles
aux vôtres. Au Music-Hall du boule-

vard Jovial, où des mimes m'ont ex-
primé les passions les plus naturelles,
sans exagération, telles qu'elles *nous*
agitent tous.

« C'était une pantomime italienne,
qui commença comme toutes les pan-
tomimes italiennes, jusqu'à ce que
Pierrot et Cassandre tuèrent Arlequin
et que le Docteur, ayant couru trois
tours à petits pas autour du cadavre,
à la halte d'une bourse, l'emporta, à
fin de dissection, dans son laboratoire.

« Quand Pierrot leva le mort et le
colla contre le mur, en lui crachant
derrière la tète, parce que la rigidité
n'était pas encore faite ; qu'il voulut,
lui tournant le dos, le charger sur soi
et que le corps se déroba, jusqu'à trois
reprises, en pliant les genoux, comme
il arrive toutes les fois qu'on veut emporter son meurtre, et qu'on n'empoi-
gne que le vide ; et qu'il se remit droit

malicieusement quand Pierrot le regarda
sous le nez ; qu'étant devenu raide le
seul transport possible fut de le tenir
par les hanches et de le pousser en
sautant jusqu'à la porte du laboratoire,
que Colombine, ayant soulevé la por-
tière, devint d'une pièce aussi et qu'on
dut pareillement l'emporter en sautant ; là il était évident que l'auteur du
Mime savait en toute expérience la vie
et la mort, et *nous* reconnûmes tous des
scènes que nous avions vécues et des
passions dans le sens des nôtres... Le
Roi dit Nous.

« Mais où l'impression fut effroya-
blement exacte et la *nature* même devant nous, c'est ici, et ce fut très beau.

« Pierrot s'assit pour supputer sur
une feuille l'héritage du mort et le mort
vint, ou plutôt la Mort, nu jusqu'aux
os, derrière la chaise (parce que le
mime disparaissait sous un maillot

rouge, indiscernable de la toile du fond
lie de vin, sur quoi étaient peints des
os avec art, et des projections vertes
animaient les os et détruisaient les
chairs jusqu'au noir, comme on se
regarde dans deux glaces inexactement
à quarante-cinq degrés le bras, et deux
images se superposent mal, laissant un
radius mince entre leurs figures fluides),
éteignit la bougie semblable à son
doigt éclairant la gauche de Pierrot,
puis celle de droite, quand la bougie de
gauche eut été rallumée; et il marchait
rythmiquement, selon le pas des trom-
bones. Et quand Pierrot se retourna et
vit son Remords épouvantable, Cassandre accourut qui le ramassa blanc
par terre et lui prouva qu'il n'y avait
rien: on rouvrit l'armoire du laboratoire où Arlequin se faisait de plus en
plus calmement *corps*, pas encore dis-
séqué. Et après cette constatation des

sens, le mort revint vêtu que de la dentelle de ses os, et cela dura jusqu'à
quatre fois, avec la peur inextinguible
des deux figures de vieilles femmes,
vérifiant vainement, au retour des airs
de gigue, la chair du corps souriant
avec son masque de fête et ses losanges
multicolores.

« Et à la fin le squelette se mêla à
tout le monde, dans l'apothéose d'un
ballet. N'est-ce pas là du meilleur *réa-
lisme*, et l'observation la plus subtile
de notre vie de tous les jours?

— Évidemment, dit Vensuet pour
avoir l'air de comprendre, c'est la
pensée profonde d'Holbein et des Dan-
ses des morts, *Memento, homo...* »

Sengle, après un militaire demi-tour,
accentuait les deux premiers pas de sa
fuite, désolé qu'on sût, comme une
vieille dame, de l'histoire de l'art et des
citations latines et des idées générales.

VIII

SELON UNE TRAJECTOIRE

Le matin ils eurent ordre d'ôter le
pantalon de treillis qui couvrait leur
pantalon rouge, d'astiquer les boutons
des capotes n° 3, retroussées, et dont le
pan gauche retenait la baïonnette. Ils
agrafèrent deux cartouchières et une gi-
berne aux bretelles de suspension, et
les sergents, ayant fait passer des fi-
celles par deux hommes dans les canons
des lebels, vérifièrent l'éclat de la double spire. Puis, on cria : En bas ! l'adjudant les mit sur un rang, baïonnette au

5

canon, face au mur, et « individuelle-
ment » ils prirent la ligne de mire devant les petites cibles blanches et noires.
Des caporaux, aux chevalets, récitaient
aux hommes, un à un, la théorie des
corrections de pointage. Une baïonnette
plaquait au mur un carton blanc, et le
pointeur commandait les déplacements
d'une mouche mobile. Un caporal à une
fenêtre haussait et baissait une cible que
successivement, l'arme approvisionnée
de fausses cartouches, visaient les
hommes avec le bruit de métier à tisser
des mécanismes de répétition. Tout le
rang grelottant et glissant sur le verglas
regardait l'heure. On avait défendu les
gants. Par intervalles, un qui, ayant
descendu les deux dernières marches
hors des chambres, posait le pied sur
la cour, trébuchait vers les baïonnettes.

On commanda rassemblement, à
droite alignement, fixe. Et on attendit

les ordonnances et tous ceux qui, pour
éviter la théorie sur le tir, disaient
n'avoir point été prévenus de l'heure
du départ. Appel encore, puis enfin par
le flanc droit. Deux heures avant étaient
partis les pointeurs. Le clairon précédait, l'instrument tenu règlementaire.
Empêtrés des fusils descendant de
l'épaule, deux malingres à la respira-
tion précipitée se hâtaient derrière sous
le poids énorme de la caisse de cartouches.

La grille du quartier, l'allée d'arbres,
la ville, l'aise de marcher sans sacs, la
boue dérapante où pataugent les bœufs,
après la glace du quartier. Puis la côte
semi-verticale où le pavé contondant
cesse, les ruelles, à gauche et à droite,
qui vont vers des couvents et pensions
et qui ont des noms très anciens ; et
leurs noms se perdent parmi les arbres.
Les respirations bruissent, et Sengle

involontairement presse le pas, pour en
finir. Le terrain plat où le halètement
persiste jusqu'à la permission du « pas
de route ». Sengle peut tenir son fusil
moins selon l'ordonnance, il n'a pas le
bras assez long pour atteindre le bat-
tant de crosse et serre le milieu de la
bretelle. Et il peut s'écarter jusque sur
le trottoir des empierrements qui se-
couent les pieds glacés et les brodequins
que presque il croit crevables comme
un pneumatique.

Les talus avec les haies rousses et la
mousse bleue, où il poursuivait les
grillons avec un couteau pour boucher
le trou derrière eux, quand il était libre.
La rivière où glisse un patineur libre.
Par delà les peupliers, une croix ancienne qu'il a cherchée longtemps,
comme en rêve, la sachant là avant de
la découvrir, où au lieu du Christ sont
crucifiés les accessoires de sa passion,

et un ciboire de bois semblable à un coquetier se musse près du tronc à la manière des oiseaux de nuit, à la chasse. Le hammerless qu'on tient sous le bras, comme les soldats ne font qu'après qu'un uniforme est mort, et qui porte infaillible, parce qu'épaulé librement. Ce bruit de bateaux-lavoirs, l'école des tambours « papa, maman », derrière les haies, comme on pisse. Le pont et les rails symétriques vers Paris et vers la mer.

La descente sur les rochers qui sont une route où la bicyclette vibrait dans ses fourches, avec la peur d'une charrette obstruant en bas, et la route comme une piste vers les villages et les rivières. La ferme à la girouette extraordinaire, un pal à travers un cœur percé et le dragon chinois tournant après sa queue. La mare squameuse de lentilles, d'où glougloutent les bulles des dytiques

5.

bordés et des grands hydrophiles couleur de poix.

Un coup de sifflet, ça veut dire :
l'arme sur l'épaule droite, pas accéléré.
Portez — arme. C'est le salut à une compagnie qui revient.

La vallée d'eau courante et de rosée,
avec des glaçons blancs déchiquetés et
un peu de soleil au bord. Les taillis
gardés sur les collines où Sengle chassait au furet, où il a poursuivi avec une
baguette une longue couleuvre rousse
ondulante, qui s'est enfuie en nageant.
Le fossé du ruisseau est énorme et froid,
la vêture militaire paralysante, il va
chercher un passage étroit pour enjamber. Avec ces loques ça ne fait rien de
se salir. On a les mains grosses, les
mollets fondus, les pieds lourds, la tête
qui pèle dans le képi, le dos se voûte en
souvenir du ou en attendant le sac. Le
fusil reposé à terre a de la boue jusqu'à

la sous-garde, la pluie dégouline dans
le canon avec dans la bouche les plaques
syphilitiques de la rouille. Il y aura re-
vue d'armes, son brosseur sera occupé.

On saute du talus dans l'herbe et la
vase enlisante, et on pisse contre la
haie. Puis, à chacun un demi-paquet de
cartouches, et on attend son tour en
file indienne. Défense formelle de mettre en joue sous peine de prison, on n'a
pas besoin de s'exercer ; on a pris la
ligne de mire assez, avant. Au moins il
n'y a pas à craindre d'accident, pense
le bétail. De plus, on doit s'avancer
jusqu'au point d'où l'on tire au port
d'arme, reposer l'arme et reprendre la
position de tireur face à la cible. Il y a un
sergent auprès de chaque homme, pour
l'occuper de ses conseils et soi-disant
rectifier son tir ; exiger surtout une position réglementaire, l'empoigner, sans
doute, s'il ne vise pas face à la cible. Et

aucun officier ne traverse devant les
fusils, on envoie vérifier les trous des
ricochets ou des balles des soldats de
deuxième classe. Et pourtant les officiers
n'ont rien à craindre, la troupe est do-
mestiquée à miracle, et « le maladroit
ou le fou » serait écharpé par ses camarades, même sans ordre.

IX

DE L'ABRUTISSEMENT MILITAIRE

Ce mot n'est pas une insulte à l'armée.

« La discipline, qui est la force principale des armées », dit la théorie, demande au soldat une obéissance irréfléchie et une soumission de tous les instants. Elle doit d'abord supprimer l'intelligence, ensuite y substituer un petit nombre d'instincts animaux dérivés de l'instinct de conservation, volontés moindres développées dans le sens de la volonté du chef.

Il y a deux instincts de conservation,

le noble et l'ignoble. L'instinct noble
est l'instinct de conserver son moi et de
maintenir son individualité impénétra-
ble aux forces extérieures. Les intelligences ne peuvent se combattre jusqu'à
la mort, parce qu'elles ne sont point
exactement adverses les unes aux autres,
ayant ceci de commun qu'elles sont
intelligence. Pour une raison autre, les
corps ne se mangent point entre eux,
craignant, en frappant autrui, de lui
apprendre à faire des blessures. Et,
d'ailleurs, il n'est pas très sûr que la
perception d' « autrui » soit bien nette
chez eux. Un bourgeois, un paysan, un
soldat reconnaîtra que tous les corps
ont un même instinct, l'instinct de la
foule, et se scandalisera de qui ne fait
point « comme les autres ». Les corps
(ou la foule) sont le discontinu. Les
corps sont séparés dans l'espace et se
sentent solidaires. Car le discontinu pé-

rirait s'il ne tendait au continu. Mais le
continu est le parfait, l'absolu, l'infini,
car ces qualités sont équipollentes ; donc,
de même qu'il ne peut y avoir deux
infinis, qui se limiteraient, il ne peut y
avoir qu'un continu. La matière, les
corps, ou la foule, qui sont le discontinu, ne pourront prendre la place du
continu, qui est l'Esprit, qu'après l'avoir
anéanti. Cet anéantissement s'obtient
par des procédés connus, et des machines aux engrenages plus ou moins
stricts, selon qu'est plus ou moins fort
l'instinct de conserver son moi.

Les ermites domptaient leur chair
par la fatigue corporelle, par le jeûne
et par la prière, qui détournait leur
esprit vers Dieu. Les soldats sont sou-
mis au labeur assidu, à la gamelle (l'eau
est la boisson habituelle du soldat) et à
l'astiquage. En dehors de l'exercice, les
occupations sont ce que doivent être

des occupations : elles peuvent indéfiniment occuper. Les brodequins, en pi-
votant sur le talon, creusent des trous
ventouses dans les boues du champ de
manœuvre, et doivent être curieusement graissés. Ne jamais les cirer, dit-
on : le cirage brûle le cuir. Mais il faut
qu'ils soient noirs. Comment alors ? Je
m'en f..., dirait un caporal. Et ils sont
noirs en effet. Or, le dedans des jambes
du pantalon est doublé de toile blanche
qui doit rester immaculée, malgré le
contact des cirages et dégras. Il faut
donc noircir toujours le brodequin qui
blanchit toujours et blanchir sans cesse
les bandes du pantalon tachées de noir
indéfiniment. De plus, il est capital que
les godillots soient cirés et bien luisants
sous les semelles.

La vraie position du soldat est la rigidité cataleptique, l'auto-hypnotisme

par la ligne noire du fusil sur le mur auquel il présente les armes. Un général intelligent *serait* un grand mage, mais il faudrait qu'il n'eût pas été entraîné par une plus rigoureuse ascèse, à la soumission au magnétisme en retour.

X

AU TEMPS

On marcha d'abord fort vite, en ordre
dispersé, le fusil horizontal, dans la
grande prairie, près du champ de manœuvres, inclinée et si haute vers la fin
et les haies, qu'il semblait qu'il n'y eût
que du ciel vert. Un clocher grêle planait
en forme d'émouchet déployé, immobile comme l'ombre de sa proie. La voix
des commandements était grêle aussi
dans le vent oblique. On fit des feux.

« A douze cents mètres — sur la
croix ! » dit le caporal.

Il y avait certainement un crochet
au bout de sa phrase, sifflante dans le
vent, selon une trajectoire. On essaya
des tirs à blanc, sur la grande cible
immaculée, où il y avait aussi une croix
noire, comme on trace deux lignes
pour hypnotiser un coq. Et il y eut un
bruit de chasse, toujours bredouille,
comme on rêve, dans la prairie déserte :

> « *Décochons, décochons, décochons*
> *Des traits*
> *Et détrui, et détrui,*
> *Détruisons l'ennemi.*
> *C'est pour sau, c'est pour sau,*
> *C'est pour sau-ver la pa-tri-e !* »

Et puis on marcha, toute la compagnie de front, trop flexible, convexe et
concave, le pied dans des trous, sur
des bosses, paisiblement, entre la course
des sergents et adjudant devant-der-
rière, sans penser à rien, ce qui n'était
pas désagréable. Sengle dormait tout à

fait, et se promenait dans la prairie pour soi tout seul. Il voyait les insectes de l'herbe et les roitelets des haies.

Soudain, il fallut faire attention. Après la pause, faite d'urinoir des talus et de réfectoire selon les gibernes, on manœuvrait, le lieutenant expliquant des choses nouvelles.

Le lieutenant Vensuet, insignifiant parmi le pennage des moustaches blondes, les ergots bien duvetés de rouge et noir.

« Je vais commander : COLONNE CONTRE LA CAVALERIE. Les quatre sections se formeront en carré comme on va vous l'expliquer. Mais au mot CAVALERIE, sans attendre de comprendre autre chose, mettez baïonnette au canon, sans qu'on vous le dise. C'est la théorie. N'allez pas vous imaginer qu'à la guerre vous croisez la baïonnette afin d'éventrer des chevaux possibles. C'était bon

sous Frédéric II. Il y a peut-être un
effet moral, de culs de bouteille sur un
mur, pour fiche le trac aux cavaliers et
que vous osiez rester. Mais, quand vous
n'avez plus de cartouches, que vous
avez fait des feux à toutes les distances,
depuis deux mille jusqu'à cent mètres,
il est plus pratique de jeter là fusil et
baïonnette et de vous tirer... Vous avez
compris, sergents ? Commençons ; co-
LONNE... »

Sengle, après avoir dormi tout à fait,
rêvait lucidement. L'après-midi, il lirait
quelque bouquin, pendant que son
brosseur astiquerait ; il ferait boire le
caporal, sortirait à cinq heures, permission de vingt-quatre heures en poche. Sa valise était faite en ville, à six
heures le train repasserait, vers Paris,
le long du champ de manœuvres et de
l'école des tambours. A Paris, redevenu

6.

civil, il renverrait au corps les effets
militaires, de peur d'être poursuivi
pour détournement, et il serait à
Bruges, ayant le temps de s'installer
bien avant d'être devenu légalement déserteur. Et son père consentirait à lui
envoyer mensuellement de l'argent là-
bas. Et il jouissait de son dernier jour
de service, de la beauté de l'herbe, de la
poussière sonore, et pour la première
fois de la drôlerie de jouer au soldat...
Voici la dernière pause, avant la troisième partie de l'exercice.

Formez... sceaux !

Son voisin est très amusant aussi, il
se trompe tout le temps en formant
son faisceau. Le lieutenant vient :

« Caporal, vous allez faire former et
rompre les faisceaux à cette escouade
pendant toute la pause. Et à la fin de la
manœuvre, la compagnie rentrera au
quartier au pas gymnastique. Et je dé-

chire toutes les permissions de mon
peloton, cette semaine... Rassemblement ! »

Encore une demi-heure d'ordre dispersé, la rentrée faite de courses inter-
rompues par des arrêts à genoux et des
feux, parmi les bestiaux et les foires du
samedi.

Sengle, sa permission déchirée comme
les autres, ne put sortir que le lendemain à huit heures, il ne fallait pas
penser prendre un train, devant l'adjudant de la gare, sans permission ; et
en civil il aurait été reconnu. Il écrivit
et dormit surtout toute la journée devant le feu, dans la chambre aux volets
fermés, sous des lampes, et sa valise ne
resta pas faite, car il n'avait pas le courage
d'attendre l'autre dimanche, et il lui
fallait la liberté, même pas, la tran-
quillité de lire et de dormir, sans uni-
orme, plus vite,

LIVRE II

LE LIVRE DE MON FRÈRE

Mon bien-aimé s'en est allé
Emportant mon cœur désolé.
CHARLES CROS.

I

ADELPHISME ET NOSTALGIE

Sengle n'était pas bien sûr que son frère Valens eût jamais existé. Il se souvint bien d'une orgie d'étudiants ensemble, et d'une promenade cyclique, la veille du conseil de révision, dans l'air si chaud et si solaire qu'il en était fluide, parmi une pérennité de cris d'insectes et d'oiseaux comme le bruissement des atomes ouï, et des petites explosions des carapaces chues des arbres qu'ils s'amusaient à éclater de leurs roues flexibles. C'était tout à fait

comme cela qu'il se figurait l'harmonie
céleste des sphères. Puis il sut que
Valens avait quitté la France et végétait dans l'Inde parmi des fièvres, en
même temps qu'on cloîtrait Sengle dans
le bagne mobile de l'escargot militaire ;
et il fallait soixante jours pour envoyer
là-bas une lettre, et l'écho dormait d'un
sommeil de quatre mois.

C'est pourquoi il n'osa pas du tout
écrire à Valens et crut qu'il avait rêvé.
Sengle était dépourvu de toute mémoire
des figures et ne pouvait reconstruire,
même en s'imaginant les calquer dans
l'air, les traits de sa mère morte deux
jours après la mort. Et il ne se souvenait pas du tout de la figure de Valens.
Malgré trois ou quatre photographies,
l'une du moment du départ. Les yeux
fuyaient et la bouche muette était
aussi monstrueuse que l'empaillage
d'un oiseau.

Je ne sais pas si mon frère m'oublie
Mais je me sens tout seul, immensément
Avec loin la chère tête apalie
Dans les essais d'un souvenir qui ment.

J'ai son portrait devant moi sur la table,
Je ne sais pas s'il était laid ou beau.
Le Double est vide et vain comme un tom-
*   beau.*
J'ai perdu sa voix, sa voix adorable,

Juste et qui semble faite fausse exprès.
Peut-être il l'ignore, trésor posthume.
Hors de la lettre elle s'évoque, très
Soudain cassée et caressante plume.

Il retrouva un regard qui l'évitait
moins et une bouche où à défaut de
paroles respirait un peu de souffle dans
un portrait plus ancien de Valens, cinq
ans avant, presque enfant, en marin noir,
dans de la verdure. Et puis il vit qu'il
s'était peut-être trompé et contemplait
sa propre image, sept ans et demi avant,

7

et c'était devant un miroir qui aurait
gardé sa figure sans vieillir qu'il avait
murmuré ces vers.

Sengle découvrait la vraie cause mé-
taphysique du bonheur d'aimer : non
la communion de deux êtres devenus
un, comme les deux moitiés du cœur
de l'homme, qui est isolément double
chez le fœtus ; mais la jouissance de
l'anachronisme et de causer avec son
propre passé (Valens aimait sans doute
son propre futur, et c'est peut-être pourquoi il aimait avec une violence plus
hésitante, ne l'ayant pas encore vécu et
ne le pouvant tout comprendre). Il est
admirable de vivre deux moments dif-
férents du temps en un seul ; ce qui est
suffisant pour vivre authentiquement
un moment d'éternité, soit toute l'éternité, puisqu'elle n'a pas de moment.
C'est aussi énorme que le vraisemblable

sursaut de Shakspeare, revenu dans tel
musée de Stratford-on-Avon, où l'on
montre encore « son crâne à l'âge de cinq
ans ». C'est la jubilation de Dieu le Père
un et deux dans son Fils, et la perception qu'a le premier terme de son rapport avec le second n'a pu donner
moins que l'Esprit-Saint. Le présent
possédant dans le cœur d'autrui son
passé vit en même temps Soi et Soi plus
quelque chose. Si un moment de passé
ou un moment de présent existait seul
en un point du temps, il ne percevrait
point ce Plus quelque chose, qui est
tout simplement l'Acte de le Percevoir
Cet acte est pour l'être qui pense la
plus haute jouissance connue, il y a
une différence entre elle et l'acte sexuel
des brutes comme vous et moi. — Pas
moi, rectifia Sengle.

Le mot Adelphisme serait plus juste
et moins médical d'aspect qu'Uranisme.

malgré son exacte étymologie sidérale.
Sengle, pas sensuel, n'était capable que
d'amitié. Mais pour se retrouver en son
prédécesseur Double il importait qu'il
reconnût, comme une âme, un corps
assez beau pour le juger tel que le
sien.

Et Sengle, amoureux du Souvenir de
Soi, avait besoin d'un ami vivant et visible, parce qu'il n'avait aucun souvenir
de Soi, étant dépourvu de toute mémoire.

Il avait essayé de réaliser en soi ce
souvenir de Soi en coupant sa légère
moustache et endurant de son corps une
méticuleuse épilation grecque ; mais il
s'aperçut qu'il risquait d'avoir l'air
d'une tapette et non d'un petit garçon.
Et surtout il était très nécessaire qu'il
demeurât ce que Valens allait devenir,
jusqu'au malheureux jour où, la différence de deux ans et demi n'étant plus

visible, ils se confondraient trop jumeaux.

Avant Valens, il eut plusieurs amitiés qui s'égarèrent, des faute-de-mieux, qu'il reconnut plus tard avoir subies parce que les traits étaient des à-peu-près de Valens, et les âmes, il faut un temps très long pour les voir. L'une dura deux ans, jusqu'à ce qu'il s'aperçut qu'elle avait un corps de palefrenier et des pieds en éventail, et pas d'autre littérature qu'un amiévrissement de la sienne, à lui Sengle ; laquelle fit des ronds des mois après avec des souvenirs rapetassés dans la cervelle de l'ex-ami. Il trouvait mauvais également, fervent d'escrime, qu'on eût peur des pointes et ne sût pas cycler assez pour jouir de la vitesse.

Ces gens horripilaient Sengle, qui, se croyant poètes, ralentissent sur une route, contemplant les « points de

7.

vue ». Il faut avoir bien peu confiance
en la partie subconsciente et créatrice
de son esprit pour lui expliquer ce qui
est beau. Et il est stupide de prendre
des notes *écrites*.

Si l'homme a été assez génial (comme
on apprend que les figures géomé-
triques, leurs lignes étant extérieure-
ment prolongées, construisent d'autres
figures de propriétés semblables et de
plus grandes dimensions) pour s'apercevoir que ses muscles pouvaient mouvoir par pression et non plus par traction un squelette extérieur à lui-même
et préférable locomoteur parce qu'il n'a
pas besoin de l'évolution des siècles
pour se transformer selon la direction
du plus de force utilisée, prolongement
minéral de son système osseux et
presque indéfiniment perfectible, étant
ni de la géométrie ; il devait se servir
de cette machine à engrenages pour

capturer dans un drainage rapide les
formes et les couleurs, dans le moins
de temps possible, le long des routes
et des pistes ; car servir les aliments à
l'esprit broyés et brouillés épargne le
travail des oubliettes destructives de la
mémoire, et l'esprit peut d'autant plus
aisément après cette assimilation recréer
des formes et couleurs nouvelles selon
soi. Nous ne savons pas créer du néant,
mais le pourrions du chaos. Et il semblait évident à Sengle, quoique trop
paresseux pour être jamais allé le voir
fonctionner, que le cinématographe était
préférable au stéréoscope...

C'est peut-être selon cette compréhension qu'il ne se rappelait plus du
tout la figure de Valens.

Quelque point qu'il explorât, il ne vit
nulle part faillir chez Valens ce parallé-
lisme continu de tout à deux ans et

demi d'intervalle ; jusqu'au vieil armo-
rial, feuilleté à la bibliothèque, qui à peu
de pages de distance, leurs lettres étant
voisines dans l'alphabet, superposait en
majeur et mineur leurs armes :

Sengle (1086). —

*Sur le champ noir de l'écu les lys ont semé
leurs croix
D'argent, sanglots fleuris sur le deuil du
manteau des rois.
L'or déchiqueté du lion y broche les
effrois.*

Valens (1301). —

*Assis, le collier rose arrêtant ses abois,
Le lion d'or levant sa patte dextre avec
sa foi
Cueille au ciel bleu l'une des trois
Fleurs d'or qui sont signes des rois.*

Pour le moment, Sengle regrettait
surtout le passé où il était libre... de

prendre son tub tous les jours, d'avoir des vêtements possibles, de ne pas être mené à la manœuvre deux fois par jour, et de rentrer sans trembler devant des cadrans.

II

CHOIR

Les hommes sont en tenue de treillis,
le bourgeron enfoncé dans la culotte,
une ceinture dessus, des bâtons sur
l'épaule droite, courant vers la nouvelle
caserne. Sengle est joyeux d'échapper à
l'exercice armé, il se croira revenu au
gymnase de collège, maquillé une fois
l'an en salle de distribution de prix, des
oriflammes voilant sa barre fixe en frêne
poli avec le cœur d'acier, les anneaux
cliquetant l'un contre l'autre, le trapèze
aux bouts de cuivre, la sciure où l'on

s'engloutissait au bout des sauts, hors
du plancher fumant de la poussière de
la boxe.   -

On l'amena avec sa demi-escouade
d'un des côtés des barres à fond, entre
lesquelles un sergent appuyé fit quelques prolégomènes sur les chutes et
estropiements, pas trop embêtants parce
qu'après on tire l'hôpital. L'adjudant
interrompit et la séance commença.
Après les barres, où Sengle se trouva à
son aise, comme à l'échelle et à la barre
fixe, on vint vers une poutre ronde,
horizontale à deux mètres de terre ; et
d'un haut escabeau il fallut l'aborder et
marcher dessus. Le brosseur de Sengle
et tous les petits paysans y coururent
comme sur des branches d'arbres, et on
fut étonné que là Sengle regarda ses
pieds, trembla sur ses jambes et sauta,
écœuré de l'exercice, avant deux pas.
Le caporal ne blagua pas encore, malgré

une phrase de Sengle qu'il ne comprit
pas :

« C'est une supériorité que l'infé-
riorité dans les exercices militaires, et
il faut avoir un cerveau et des nerfs
pour trembler dans des phobies. »

D'ailleurs, à un coup de sifflet de
l'adjudant, on changea d'appareils et
l'on vint vers le portique, exécuter divers mouvements aux trapèzes et anneaux. Sengle remarqua que les mouvements de grande force, qu'il savait,
n'étaient pas commandés par les caporaux, qui les ignoraient ou ne les pouvaient ; et il apprit plus tard que la
théorie ne les prévoyait pas.

Puis on monta le long d'agrès. Au
haut de la corde lisse, Sengle perçut
très nette la voix du caporal chuchotant
à un homme :

« Comment fera-t-il, ayant eu le trac
sur la poutre ronde, quand on lui com-

mandera de passer debout sur le portique ? »

Il feignit une fatigue, décontracta ses
bras et dégringola de sa corde. Il y avait
déjà quelques soldats à califourchon
sur la haute poutre.

Les escouades du 2ᵉ peloton grima-
çaient des membres aux précédents
appareils.

L'adjudant siffla Rassemblement, et
les quatre escouades du 1ᵉʳ peloton
furent au pied du portique. Sengle, sachant qu'il n'était pas possible qu'il pût
paser sans *savoir envie* de sauter de
l'étroit madrier sur le sol battu, avait
confiance qu'il ne passerait pas. Un
sergent traversa, les bras en croix, puis
des caporaux et plusieurs soldats, tout
noirs sur le ciel, dont il sut les impressions plus tard. La poutre, à cinq mètres du sol, a cinq mètres de long et
n'est pas assez large pour qu'on y mar-

8

che autrement qu'un pied devant l'autre.
Les hommes de la première section,
première escouade, passèrent ; puis
ceux de l'escouade de Sengle...

Il y eut au loin, dans la cour, un cri,
du bruit, de la foule, l'adjudant partit...
Un des petits paysans grimpeurs, qui
courait au pas gymnastique sur la petite
poutre ronde, était tombé sur l'une
des potences renversées soutenant en
équerre les extrémités du mât. Son pied
enflait, on parla de jambe cassée, on
courut vers des majors absents. Sengle
se garda, n'étant pas commandé, de
gravir l'échelle du portique ; et confiant
dans l'aide de l'Extérieur, moins extérieur à lui que la chose militaire, car la
chose militaire ne lui obéissait pas *directement*, il prit la posture, un pied
sur les inférieurs échelons, de quelqu'un qui a grande envie de grimper
mais qui en bon militaire attend des

ordres. Et l'adjudant siffla la pause.

L'adjudant siffla la pause, mais il y avait encore UN QUART D'HEURE de gymnase.

La pause fut longue, à cause du blessé et des paroles des officiers. Et après *il tomba de la pluie et de la grêle* et on se réfugia sous les hangars des préaux.

Sengle dit au capitaine qui lui parlait :

« Je n'aurais pas passé quand même le portique, parce que j'aurais refusé ; et vous m'auriez fait lire le Code pénal ; mais d'autres après moi auraient refusé. »

Le lendemain, on lut au rapport :

« Étant donné que la pluie du jour précédent a fait glissants les appareils et que le vent rend les chutes à craindre, il est défendu à tout soldat, sous peine de prison, de passer le portique jusqu'à nouvel ordre.

— C'est très beau tout ça, dit Sengle,
comme obéissance des circonstances
extérieures ; mais il faudrait être sûr que
ça dure tout le temps. »

Et le mardi suivant, jour de gymnase, il se fit porter malade, et on passa
le portique parce qu'il faisait beau et
on alla aux pistes, sans autre incident
d'ailleurs que l'histoire d'un double
hernieux qui prétendait à l'adjudant
n'oser sauter en profondeur dans le
fossé de trois mètres cinquante, et qui
fut contraint de sauter, remonter et
sauter encore pendant toutes les pauses.

Sengle avait de moins en moins le
temps de déserter, parce qu'il y avait
encore gymnase, le vendredi, avant la
sortie du dimanche, et qu'il n'aurait pas
de permission, s'étant fait porter malade. Et il tâcha à autre chose.

III

LA JATTE DES CULS

Sengle était allé à la visite du major avec cette naïveté — se sentant bien définitivement incapable d'obéir à *certains* commandements du service, d'espérer qu'on commencerait à l'y reconnaître impropre. D'autant que, mal guéri de l'influenza qu'il croyait avoir suffisamment accrue par la double fatigue, sexuelle et musculaire, des derniers jours libres, à ce moment-là ses poumons étaient vraiment malades. Et il entrevit que cette libération légale

8.

serait le plus complet affranchissement,
bien préférable à la désertion par chemin de fer.

Il oubliait son mépris des médecins,
même civils, quoiqu'il en eût l'expérience atavique : son oncle, encore enfant, le bras cassé d'une chute de cheval,
le médecin (un docteur célèbre) ouvrant
le troisième jour l'appareil de la frac-
ture, pour la constatation de son œuvre,
la gangrène jusqu'à l'épaule, qu'il fallut
désarticuler, et précipité par la fenêtre
par le père du supplicié. Sa mère
suggestionnée par les diagnostics lugu-
bres, devant elle, de l'âne connu, comme
est Monsieur Deibler, et mourant à une
date d'une maladie bénigne, selon l'ordre de l'idiot prophète. Cette science,
en tous cas, insensée, de traiter d'êtres
variables et divers, quand une science
ne peut être que d'unités semblables,
de points mathématiques ou de systèmes

de points ; et inapplicable aux intelligents, dont comme les esprits, la struc-
ture intérieure des corps vraisemblable-
ment diffère, et qui ont le cœur à droite
quand ils ne l'ont pas pendu au lobe
d'une oreille ; s'ils le portent à gauche,
c'est par modestie.

... Le major Busnagoz, tout pareil au
professeur de rhétorique de Sengle,
blond et jovial, pas assez stupide pour
ne pas « faire deux poids et deux
mesures », mais seulement afin de
n'avoir point l'air trop baderne ; col-
lant quatre jours aux brutes mori-
bondes qui risquaient sa visite, lâ-
chant en ville, traditionnellement, les
arrivés de Paris. Incapable de croire
qu'un Parisien fût malade, et les trai-
tant paternellement en sympathiques
tireurs au c...

Le premier homme lui montra sa
main droite, où s'érigeait l'immobilité

d'un médius desséché. Busnagoz dit
très vite :

« Vous avez réclamé à la révision ?
Bon. Voulez-vous qu'on vous le coupe ?
Eh bien, gardez-le et faites votre ser-
vice. »

Le deuxième :

« Monsieur le major, c'est moi qui
m'appelle Boudaire ; j'ai une jambe plus
courte que l'autre de sept centimètres...

— Je sais, dit Busnagoz. Vas-tu venir
m'embêter tous les matins ? Donnez-lui
un vomitif. »

Avec Sengle, il fut charmant, mais
murmura :

« Dites donc votre conte... Mon ami,
j'ai ici au régiment un soldat qui n'a
pas la taille, il s'en faut ; un bossu que
vous pouvez voir à la queue de sa compagnie, traînant son sac sur sa bosse ;
ce boiteux que je suis forcé de ne pas
écouter, puisque le Conseil l'a déclaré

valide ; un qui est borgne de l'œil droit
et à qui je dis simplement d'épauler à
gauche ; un sourd, un idiot... qui font
tous leur service. Comment voulez-vous
qu'on vous lâche ? Je vais trouver un
prétexte pour vous avoir une permission de la journée ; sortez en ville, et
revenez me trouver — pas tout de suite !
— quand vous vous sentirez trop fati-
gué... »

Sengle se retrouvait dans la cour des
Miracles : l'idiot, le sourd, le borgne, le
paralytique, le boiteux, le bossu et le
nain, cariatides de leurs sacs pleins de
toute l'armée, se tordaient dans les tour-
ments de l'escrime à la baïonnette du
peloton de punition. Le peloton des
Elèves-Cabos, en face, plus difforme que
son vis-à-vis, crachait des imitations de
commandements et ses restes d'intelligence hors de ses hydrocéphaliques
gueules, sur ses membres estropiés,

bandés de courroies anorthopédiques,
de chevaux de labour.

Il était bien égal à Sengle que le
peuple pérît dans l'armée et que les
larves qui lui servaient d'âmes passas-
sent du corps des esclaves démoniaques
dans celui des pourceaux ; mais comme
le vieillard barbier parmi les neuf vo-
leurs condamnés à la tête tranchée, il ne
voulait pas être compris dans l'abla-
tion des cervelles ni l'enlaidissement
des corps.

CONSUL ROMANUS ! adorait Quincey ;
cerveaux, pourpres et laticlaves ! Valens
reste beau comme le debout de la toge
imperatoire; ses boucles déroulent leurs
ressorts comme des serpents nocturnes ; et le képi rejeté dans la boue, sa
face luit de l'or pâle d'un soleil élec-
trique ou d'une foudre ronde.

Sengle et Valens luttèrent à main
plate comme on palpe une statue d'An-

tinoüs ; et Sengle, pour avoir soutenu
le choc de l'ombre du héros, se prépa-
rait obscurément, glissant la boucle des
cheveux de Valens comme un suffisant
levier sous les rochers de leur caverne,
à la déconfite des malandrins.

IV

LE TROU DE ·BALLE

En voici un qui commence la dé-
route : Boudaire a défait un de ses pa-
quets de cartouches et renouvelé le suicide militaire classique, son pied court
déchaussé. Sengle exultant va voir.

Un de ses camarades d'escouade, Nosocome, étudiant en médecine, porte le
blessé ; Busnagoz pérore :

« Il n'y a rien à faire. Impossible
d'extraire la balle. L'abdomen perforé.
Un bout du foie sort. Il n'y a qu'à
laisser crever. »

Nosocome, plus diplômé que Busna-goz, fut chargé d'un rapport :

« L'autopsie faite par nous confirme le diagnostic de Monsieur le Médecin-Major de deuxième classe Busnagoz, avec les différences suivantes :

« La balle n'est pas restée dans la plaie, mais s'est logée dans une poutre du plafond, qu'elle a peu profondément trouée et où elle est parfaitement visible.

« La balle n'a pas pénétré dans l'abdomen, mais au-dessus du diaphragme, au niveau du sixième espace intercostal gauche, et est ressortie en perforant l'omoplate droite.

« Elle n'a pas lésé le cœur ni même le péricarde, contournant simplement la pointe et traversant le poumon droit.

« Le bout d'organe rouge-brun qui apparaît hors de la blessure n'est pas du foie (lequel ne se trouve pas, comme

on sait, au-dessus du diaphragme),
mais du tissu pulmonaire hépatisé.

« La blessure était peu grave et le
malade pouvait se rétablir après un
simple pansement.

« Nosocome

« Interne des hôpitaux, actuellement
soldat de deuxième classe au
Qᵉ de ligne. »

V

SOUS LA BAVE

« Sergent, pourquoi laissez-vous vos hommes en treillis ? La capote, a dit le capitaine.

— Mais, mon adjudant, les autres compagnies...

— Je m'en f...! Vous n'êtes pas sergent des autres compagnies, n'est-ce pas ? Allez les faire mettre en capote.

— Tant mieux, dit Nosocome, on ne s'astique pas.

— C'est embêtant, dit Sengle à No-

socome, de se déshabiller trente-six fois,
avec ce froid des portes.

— Oui, tu as de la chance de ne pas
venir et d'être malade. »

L'appel.

« Manque personne ? dit Papille.

— Mon adjudant, il manque Sengle,
malade.

— Dites-lui de descendre.

— Il est exempt d'exercice.

— Le bain n'est pas un exercice.
Faites-le s'habiller et qu'il vienne. »

On attendit une heure juste, que les
autres compagnies eussent fini, sur le
verglas de la cour, devant l'infirmerie
où étaient les douches ; et l'adjudant,
pour utiliser ce retard, dit qu'on se dé-
vêtît, au moins jusqu'à la chemise,
d'avance.

Puis on reçut de l'eau sur la tête, les
pieds dans des baquets visqueux du

sédiment des précédents baigneurs mal
et rarement lavés, les caporaux surtout,
vu leur grade.

En grelottant dans la cour, Sengle
avait entrevu les malades, derrière des
fenêtres, jouant aux dames et aux cartes
et lisant des livres mêlés, dépareillages
de romans ou approbations de Mgr l'ar-
chevêque de Tours. L'un vint sur la
porte et raconta qu'il était là, presque
sans intermittence, depuis son arrivée
au corps, blennorrhagique tout le temps
tout le temps, consigné trente jours,
selon l'usage, après chaque endigue-
ment, préférant l'infirmerie isolée à la
ville stupide et revenant demander à la
sévérité du Major des pointes de feu
sur son mal. De sa fenêtre, il se réjouis-
sait, chaque samedi, des compagnies
défilant dans la neige.

Noirci de l'eau sale et rougi du vent

9.

glacial, Sengle redescendit vers la caserne des Corneilles, et profita de ce qu'on l'avait fait sortir pour un exercice commandé, quoique malade, pour sortir encore, quoique consigné comme tout malade, pour soi, et d'abord afin de se purifier dans quelque baignoire, en ville.

VI

CONSUL ROMANUS

Le lit de prisonnier de Sengle emporté au courant du fossé nagoyer et dévoré par la petite arche du pont du champ, il marcha sur la route dorée avec Valens.

Elle se déroula longtemps au dévidoir du moulin proche ; puis les genêts semblables à du charbon vert où cuisaient des moules tout ouvertes, se consumèrent, et ce fut la fumée, et les bâtiments sombres de la mine d'argent.

On n'avait plus que le souvenir de

ce qui était jaune : les fleurs et le soleil, à la manière des zoophytes qu'on touche, avaient dû remporter la vie dans les cavernes de la terre.

Ils descendirent comme on dégringole une échelle et comme une chute d'eau devient bifide et marche humainement afin d'enjamber les pierres ; et ce furent les thermes souterrains, d'eau douce si proche de la mer qu'elle était piquante au fond de crabes et d'insectes des mares. Et ils se baignèrent.

La piscine, creusée par le recteur du petit bourg, évoquait un rond bénitier de granit, ou une coquille marine, parce qu'elle étendait de parasitaires antennes de joncs sur un bord ; ou un étang couvert, servant de sépulcre, sous une église.

Valens nagea, puis il fut debout au milieu de l'eau pas profonde, glabre et d'or comme une statuette, avec les cheveux

pareils à un trou sur la fumée chaude,
et qu'essayait d'imiter le minerai. Si
l'on pouvait raboter le diamant noir, il
s'était coiffé des copeaux.

Et comme on apporte un squelette
d'argent à l'issue des festins, il se
courba, et parmi ses muscles denses
son dos sourit de neuf délicates vertè-
bres. Sa poitrine d'or très fauve claqua
doucement l'eau plate, et ses hanches
s'entrevirent plus brunes depuis les
côtés, comme d'un faune qui ne serait
pas intermédiaire entre l'homme et la
bête, mais éphèbe athlète digne du
métal. Puis deux pieds étroits s'écar-
tèrent, divergente fuite de deux poissons
de nacre, et Sengle vit l'eau à travers
les ongles.

L'ecclésiastique fossoyeur et ondin
de la bienfaisante citerne plongea avec
eux. Et il plongea très longtemps,
comme s'il eût voulu fouir davantage

son œuvre. Le vieil enfant soufflait au
fond de l'eau pour faire des bulles. Sa
bouche expira l'air selon divers gestes,
il parla vers la vase, les paroles remon-
tèrent en oscillant et elles firent de petites explosions, comme les mots bo-
réaux d'azur et de gueule que dégela
Pantagruel. Il ahanna les mots abs-
traits des contractions de ses joues bre-
tonnes :

« Barailherez, » il bâilla, et il ne
monta pas de bulles, mais se circons-
crivit de petites rides. « Streffiadur...
huanad... halan. »

Il éternua, soupira et respira, jouant
sous l'eau. Sengle et Valens s'étaient
rhabillés et assis sur le bord de la citerne, les mains jointes sur les genoux
et les pieds mouvant les joncs, suivant
la fuite ondulante au repère des paroles
visibles.

« Dominous vobiscoum... » apporta

une grosse bulle qui éclata joyeusement
devant les enfants.

Et l'ecclésiastique reparut vêtu, à
l'autre bout de la citerne, derrière des
rochers, mit son chapeau noir et s'éva-
nouit en glissant parmi l'encens de la
buée, comme le cygne d'argent de la
mine, terni jusqu'à la brûlure par les
vapeurs sulfureuses.

VII

LE CHANT DU COQ

Soldat, lève-toi.
Soldat, lève-toi
Bien vite.
Si tu ne veux pas te lever,
Fais-toi porter malade...
Soldat, lève-toi...

La trompette finale chassait Sengle de la citerne du Léthé. Sait-on si les morts ne passent pas leur temps — ou *le* Temps — à se souvenir, rétrogradant dans la dissolution organique jusqu'à leur primordiale âme de pierre ; et si ça

ne leur est pas très désagréable d'être ré-
veillés (l'oubli nocturne étant surtout *un
autre* souvenir) quand la journée d'Éternité commence? Surtout quand elle leur
commande les diverses corvées d'enfer.

Le souvenir de Valens restait dans
les thermes de la mine. Si l'homme qui
est séparé par une solution de conti-
nuité de son passé, se retournait, coupé
en deux longitudinalement par le fer
roulant d'un train, on serait épouvanté
devant la grande plaie rouge. Il vaut
mieux qu'il reste couché sur le dos : au
moins, sa mort fait de la neige une pourpre; et il peut mourir nu, libre des li-
vrées du jour.

Si tu ne veux pas te lever...

Mais Sengle n'était pas couché du
tout, rentrant de faction, assis dans le
poste. Il est deux heures.

Il faut qu'il se lève, du moins de sa

10

chaise. Il y a *alerte* et manœuvre de
nuit. On lui commande de réveiller les
sergents et d'expédier les plantons son-
ner aux portes des officiers.

Il court les chambres, jugulaire au
menton, surchargé de cartouchières et
courroies, exagérément militaire : « Sergent un tel, debout ! » et il les bouscule,
dominant leur dégringolade, par les
chambres grommelantes, vers la cour.

Une masse sonore et luisante, extra-
ordinairement bourrue et hérissée, à
voix chantante et saccadée, traîna ses
sabots de bœufs et les clochettes de son
cou ; ou l'on eût dit un bison, une casse-
role à la queue, qui en aurait ferraillé,
derrière soi, majestueusement.

Et tout cela descendit vers la ville,
passant les grilles, comme de l'octroi.

Tout le régiment était parti : c'était
le plus décoratif déshabillage.

LIVRE III

LE RÊVE CYANIQUE

> Et s'ils boivent quelque poison
> mortel ils n'en éprouveront au—
> cun mal.
>
> ÉVANGILE.

I

O JUSTE, SUBTIL

Sengle était allé une fois voir un ami
dans un hôpital. C'étaient des vagues de
dunes blanches — et la même chose,
par le gros bout de la lorgnette, si l'on
inspectait un bocal, sur une table centrale, plein d'ouate hydrofuge. Les
figures blanches n'étaient pas délimitées
de ce blanc, et il n'y avait de couleur
vivante que le buste du fondateur, en
bronze vert.

Des genoux se retournant activaient
la mer.

10.

Et il semblait que la cave de champignons blancs fût abandonnée depuis très
longtemps, à la quiétude des billettes
au bout de leurs fils.

On comprenait que les malades
étaient très sales, lavés que de leur
sueur, mais l'iodoforme, comme la lune
les nuages, mangeait les relents.

C'était la salle des amputés. Il est
extraordinaire comme tout malade res-
semble à un amputé, tout le sang quitte
la face vers les jambes, réelles ou vir-
tuelles, sous les draps qui pansent pour
lui, cachent pour les autres.

Et puis il fut UNE HEURE. C'est vers
cette heure-là que les opérés du matin
se réveillent du chloroforme, et ce fut
un cri grondant et grandissant, sirène
de steamer épouvantable.

Sengle partit entre les tas d'écume,
sillages d'enragés qui lui demandaient
de les tuer. Mais ce n'étaient pas des

amputés que Sindbad, dans l'oubliette
marine, assommait avec l'os de leurs
propres membres.

L'hôpital militaire est le plus gai des
bâtiments militaires, parce qu'il y a très
peu d'uniformes dedans.

Les infirmiers sont civils — quand
l'hospice est mixte — et les majors ont
la pudeur — certains — d'y venir en
médecins.

Les sœurs et les médecins vivent en
noir, avec un peu de blanc, et les malades végètent en gris.

L'hôpital s'ouvrit à Sengle tout plein
du gris pommelé que l'on chevauche
dans l'encens d'une fumerie d'opium.

Et le caporal infirmier, devant le gui-
chet liminaire, fit demi-tour et rem-
porta toute l'armée.

II

PYTHAGORE

Sengle quitta son uniforme d'infirmerie, qui n'était qu'un uniforme de
soldat chevronné de jaune, et sécha le
ridicule de ses couleurs sanglantes
sous la sandaraque grise.

Et personne ne fit plus attention à
lui qu'à un entrant quelconque, jusqu'à
ce qu'il se coucha.

L'infirmier civil lui remit un thermomètre, un beau thermomètre d'hôpital,
à maxima, fait d'un tube très gros avec
une cuvette très mince, et d'où le mer-

cure ne pouvait redescendre. Et Sengle se souvint d'un essai de Nosocome. Couché sur le dos, il renversa le thermomètre sous son aisselle gauche, le tube chauffé se dilata et non, comme il est d'usage, le mercure de la cuvette, lequel se précipita dans son puits capillaire presque jusqu'au fond. Sengle, sachant qu'il est dangereux de présenter des paradoxes au peuple, redressa le thermomètre, et l'infirmier vint au bout de huit minutes.

« Quarante-trois, » dit-il. Et Sengle épouvanté d'avoir divulgué en le réussissant jusqu'à l'invraisemblable, son truc, ne put ne pas crier qu'il se trompait. L'autre regarda au jour de la fenêtre :

« C'est bien cela, quarante degrés et trois dixièmes. »

Sengle se répéta le chiffre et observa les sœurs vite groupées autour de lui,

parlant de prières ; et l'infirmier interrogeant si des ventouses scarifiées ne
seraient pas nécessaires, afin qu'en cas
de décès le major fût content. Il avala
jusqu'à s'en évanouir de la caféine qu'il
avait apportée ; son pouls devint réellement rapide ; et Nosocome qui vint le
voir nota que ses yeux étaient vitrés.

Il semblait à Sengle que la fenêtre
en face de lui fût beaucoup plus près...

III

AZUR DÉBOUCLE AZOR

La vision vitrée précédait de deux
mètres les yeux de Sengle, comme des
besicles construites pour une optique
protubérante d'anoures, ou la grande
ombre plate qui papillonne en avant
des chevaux des voitures publiques,
chassée par le feu des lanternes. Puis
des lueurs diverses tambourinèrent aux
quatre vitres, et une forme colorée et
délimitée s'étendit. Sur l'écran blanc de
tous les lits, sur le gril vert des châlits
parallèles, la figure d'un soldat couché,

tel que la chute d'un pioupiou de bois,
se précisa avec son costume. La tête
scalpée et les brodequins hérissés ondu-
laient trop blanche ou trop noirs pour
le durable souvenir de l'halluciné ; et
comme des fanaux vert et rouge à tri-
bord et à bâbord, luisait la jumelle tache
de teinture lourde, basique et acide, de
la veste bleue et de la culotte de garance, cloisonnée sur le corps couché
par le ceinturon vertical.

L'être bleu et rouge trembla comme
un horizon de mer sous l'obliquité d'un
grain ; et il continua de cuire sur le gril
des lits verts. Et soudain son torse et
son ventre gonflèrent horribles et il se
convulsa comme il est d'usage sur un
gril. Ses bras bleus et ses jambes rouges,
érigés dans la cambrure des deux cornes
d'un croissant, s'enchevêtrèrent mutuellement dans les ramifications de doigts
gonflés et d'orteils soudain nus ; et

l'image fut beaucoup trop régulière pour
rester humaine.

Le rouge et le bleu, informes d'abord
comme les armes de la ville, eurent les
significations hermétiques des planches
d'anatomie. Et Sengle étudia, comme on
détaille dans la fièvre, le schéma sur la
grande feuille blanche, ou la prépara-
tion entre des lamelles monumentales
des deux cœurs, artériel et veineux, ar-
borant les couleurs héraldiques de l'analyse, et, tels deux poulpes se tâtonnant
de leurs tentacules, confondant au bout
de la courbe symétrique du feuillage
viscéral le sang et le ciel de leurs vei-
nules et artérioles.

Les deux lumineux émaux mangèrent
la cloison du ceinturon noir, ainsi que
le fond d'un paysage mange et dentelle
qui passe devant la dent des blés jaunes
et verts ; s'engrenèrent comme une
suture de crâne, et tout s'écrabouilla

11

dans un violet vite bleu, puis noir.

Le cœur de Sengle battit avec une intensité et fréquence sonore, la caféine étant toute absorbée, qui le réveilla du rêve comme l'heure matinale d'une horloge.

Et il rêva ensuite encore de cœurs anatomisés, cœurs de gastéropodes séparés, au milieu de longs vaisseaux, comme des bulbes en caoutchouc d'injecteurs ; cœurs de crocodiles égyptiens, embaumés dans des vases de verre, pendant que l'animal errait derrière les dernières convulsions de ses mâchoires. Il vit un très beau crocodile, gris-glauque comme tous les crocodiles, mais aux griffes cyaniques du bleu d'ordonnance des précédentes rêveries, le dessus des pattes bossué d'œdème bleu, et bleu aussi quant à la paupière supérieure, et aux parties sexuelles. Et il sut, comme on sait dans la science plus immédiate

du rêve, que cet azur admirable était
l'apanage de l'être à un seul ventricule.

Mémorant des ontogénies, il vit des
fœtus conservés, assis sur le renflement
de nasse des vases de cristal, le cœur
schématique dans leur poitrine transparente ; et des nouveau-nés morts avant
la deuxième semaine, dont le cœur,
comme celui des fœtus, unissait ses
deux oreillettes par la persistance du
trou de Botal. Et malgré l'alcool dis-
solvant, on se souvenait d'ombre bleuâ-
tre, comme de kohl, à la pulpe de leurs
doigts, à leur sexe et à leur paupière
supérieure.

Sous la caféine, sa langue était blanche et bruissante comme une route de
neige récente.

Sa main appliquée sur son cœur écoutait le frémissement cataire ; sa main
était froide sur sa poitrine moite, ses
pieds exsangues ; et il rêvait qu'il souf-

flait parmi la neige sur le dessus de ses
doigts bleus.

Il erra sous la lune dans des plaines
de neige ; il se réfugia chez Nosocome,
au pied de la grande statue de Marsyas,
devant la cheminée éteinte de poussière ;
Nosocome semblant fou dépensait des
pièces d'argent blanc dans une tire-lire
de verre de forme philosophique, où
bruissaient des bulles et des vapeurs
acides rutilaient. Parmi la buée rouge
verdissait une petite lampe, sous un
trépied. Dans un creuset refroidissaient
des blancheurs polyédriques ; et Sengle
désespéré marchant vers le suicide et
les cristaux de nitrate d'argent absorba,
comme on mange du sucre, la pierre
infernale ; le bleu cyanique irradia de
l'estomac à l'épiderme comme vers la
circonférence du ciel un soleil noir ; ses
pieds froids et ses mains froides arbo-
rèrent l'azur héraldique ; et il mira dans

son sexe bleu le fard interne de sa paupière supérieure.

L'absorption de l'ancêtre minéral le
rapprochait de l'aïeul à un seul ventricule, du moins quant aux signes
exposés à la vue d'autrui ; et comme
ses yeux s'étaient vitrés à la parole du
thermomètre, cadavre apparent en son
vêtement cyanique, il crut fermement
rebrousser vers le sein de sa mère, et
son cœur jumeau devenu monstre par
la communion des oreillettes, le sang
exclusivement bleu commença de gon-
fler les extrémités de son corps.

IV

LES HÉMÉRALOPES

Sengle eut une permission de quinze jours « à titre de convalescence » pour Paris. Et redevenu le pioupiou bleu et rouge, il sortit, par toute la ville, vers la gare.

Il croisa plusieurs officiers qu'il omit de saluer, mais qui ne le rappelèrent pas. Et d'ailleurs, pour se prouver à soi sa bonne volonté d'obséquiosité militaire, six pas avant et six pas après, il leva la main règlementairement *sur* :

Deux facteurs ;

Sept potaches ;

Un garçon de recettes ;

Un conducteur d'omnibus, qui se
promenait, en grande tenue de service,
dans un jardin public. Et comme plusieurs cyclistes y flânaient aussi, leurs
machines accotées à des massifs, natu-
rellement il chercha le garage d'omnibus.

Il salua un des cyclistes, parce qu'il
portait, à gauche, un horrible petit in-
signe, tout tortillé, de club.

Il entra dans la cathédrale, s'enqué-
rant du Suisse, afin de l'honorer à genoux. Il s'humilia ensuite, au hasard
du chemin poursuivi, devant :

Le drapeau en zinc d'un lavoir ;

Un polichinelle enseigne d'un bazar ;

Plusieurs commissionnaires, à cause
de leur plaque ;

Un marmiton, ayant réfléchi qu'il
était peut-être gradé, quoique le dissi-

mulant sous la similitude de sa tenue
de service et de corvée.

Et avec la nuit, où les chances de salu-
tations devenaient moins honorables, il
s'approcha des feux mobiles de la gare.

Dans l'avenue, il rencontra un groupe
de soldats, tordus de bizarres gestes. Ce
n'étaient pas des ivrognes, lesquels,
comme on arrose selon des signes d'infini, sont renvoyés d'un ruisseau à
l'autre, et suivent très exactement en
leurs zig-zags les lois de la réfraction.
Ces soldats-là tâtaient en les longeant
les murs, jusqu'au heurt douloureux du
premier passant, ou le cahot de la
chute d'un trottoir. Et ils semblaient
des aveugles se guidant mutuellement
vers des fosses, Breughel en uniforme.

Sengle entendit des bouts de phrases
et reconstitua leurs plaintes :

« Nous ne trouverons jamais l'hôpital.

Voilà trois fois que nous avons fait tout
le tour de la ville. L'hôpital s'est écroulé.
Comme l'année dernière, où le major
ne retrouva plus que les murs à la visite du soir, sa négligence n'ayant pré-
venu le génie. La toiture croula sur les
typhoïdiques, qu'on évacua dans les
corridors d'un hospice d'accoucheuses.
C'est si vrai qu'un malade en recouvra
la santé. Les hôpitaux s'écroulent-ils
donc tous les ans, dans cette ville, par
l'incurie des majors ? »

Et ils repartirent, tâtonnant dans un
quatrième circuit.

Sengle comprit leur hallucination au
lu de leur matricule. D'une petite gar-
nison voisine, sur une hauteur, se mul-
tipliaient les cas de cécité nocturne,
à cause de l'altitude. Le major passant
sa visite du matin les expédiait à l'hôpital d'urgence, mais on attendait qu'il
y eût un convoi, qu'on formait et en-

voyait sans guide après la soupe du
soir. Arrivés dans la ville de l'hôpital
le soleil couché, leur amaurose ne com-
prenant point les lumières artificielles,
les pauvres diables trébuchaient dans
le noir absolu. On y était habitué. Voilà
pourquoi les officiers ne s'étaient point
scandalisés du manque de courtoisie
militaire de Sengle.

Puisse ce chapitre faire comprendre
à la foule, la grande héméralope, qui ne
sait voir qu'à des lueurs connues, que
d'autres peuvent la considérer comme
une exception morbide, et calculer les
ascensions droites et déclinaisons d'une
nuit pour elle sans astre ; qu'il lui fasse
pardonner ce que dans ce livre elle
trouvera sacrilège envers ses idoles,
car en somme nous affirmons ceci :
qu'il n'arrive pas quotidiennement que
les hôpitaux militaires s'écroulent par

suite de l'incurie des médecins-majors ;
qu'il est possible que le fait soit même
assez rare ; qu'il y a plusieurs années
qu'il ne s'est produit ; que c'était peut-
être un fait isolé ; que, malgré son au-
thenticité (voir certains journaux de
l'été de 89) nous avons la mansuétude
de ne le décrire qu'hallucinatoire...

Sengle soucieux de la parole de l'Evan-
gile pensa d'abord à s'enquérir d'une
fosse, ou d'une glace de devanture, afin
que les aveugles momentanés culbutas-
sent dedans ; mais de peur de manquer
son train il se contenta de leur dire :
« Je suis le Général ; tâchez de prendre une attitude militaire. »

V.

... SUR MON PETIT CHEVAL GRIS

Chez lui, Sengle reçut du lieutenant Vensuet cette prose et une lettre le priant de la présenter à l'*Iodure de Navarre* :

« L'AMBRE

« Ma sœur Cymodocé, puisque Po-
« séidon ne veut de sa lance tricuspide
« arrêter l'île errante où je suis prison-
« nière, j'insère pour toi ce papyrus
« dans une amphore scellée qu'enlèvera

« l'aigle de mer quand il viendra cou-
« tumièrement ravir les tortues qui
« pondent et éclosent leurs œufs au
« soleil sept fois ardent inclus avec moi
« dans l'enceinte de verre obscur.

« M'as-tu oubliée, ma sœur, du jour
« où notre père Nérée, nous ayant sur-
« prises enlacées demandant l'une à
« l'autre ce que seuls peuvent nous
« donner ces hommes qui fendent le
« sein violet de la mer avec leurs vais-
« seaux noirs (et les deux lèvres de la
« blessure palpitent comme des ailes),
« supendent le lait gonflé des voiles à
« leurs mâts rigides et ensemencent les
« sillons des flots avec des pelles à
« vanner le grain — nous menaça
« d'abord de nous arracher l'une à
« l'autre avec son trident, comme l'âme
« des lymnies de leur coquille en spi-
« rale, encore que nous ne fussions
« jointes que par le souffle fluide de la

12

« mer, te rejeta aux abîmes et fit surgir
« sous moi cette île noüvelle qui m'a
« ramenée comme un filet sur la face
« du fleuve Océan, qu'encorbellent des
« remparts de verre, et qui dans sa
« course pérennelle engendre un re-
« mous circulaire plus dangereux que
« Scylla et Charybde ? Vas-tu recueillir
« encore dans le lit du fleuve Océan,
« après les amours des monstrueux
« physetères, les joyaux qu'ils laissent
« à la mer comme salaire de son entre-
« mise, les lingots d'ambre, plus pré-
« cieux que l'or, parce qu'il flotte et
« s'imprègne sans cesse des rayons du
« jour, jusqu'à ce qu'il soit semblable
« à une cendre grise ; qui gémit comme
« le soufre quand nous le saisissons
« dans nos mains glauques, et les jours
« de tempête luit sans brûler avec dix
« mille étincelles en aigrette ?

« Je ne verrai plus mon père Nérée,

« car sa colère est éternelle, ni toi,
« Cymodocé ; et si j'ai emporté le bruit
« des formes de la mer dans une co-
« quille qui est sa bouche immobile, je
« sais que la mer a changé et ne me
« parle plus en son murmure grave, car
« elle glisse sans déferler le long de l'île
« de verre lubrique, qui tourne comme
« un vase entre les mains du potier
« habile, et s'avance un peu en tour-
« nant, comme le soleil au-dessus de
« nous, dont elle est le reflet, roule
« lentement vers les vagues occiden-
« tales où sont les colonnes d'Héra-
« klès.

« L'île roule lentement vers la vague
« occidentale, sans avoir besoin de pi-
« lote, car la plasticité de la mer
« l'engarde de se heurter contre les
« écueils et la semence d'îles qu'on
« appelle Disséminées.

« Cette nuit Phœbe s'est levée avec

« ses trois cornes, mais je ne l'ai point
« vue à cause de la hauteur des mu-
« railles. Un long rayon s'est enfoncé
« tout droit dans la mer invisible, et
« une faible lueur en est remontée sur
« le bord de l'île. Et comme une danse
« légère et circulaire autour d'un cra-
« tère, j'ai vu des formes nues et des
« formes drapées de prêtresses d'Hécate
« qui ont tourné trois fois autour des
« remparts, dans le sens inverse de la
« rotation imprimée par le cercle de la
« mer. L'île s'est arrêtée un instant
« sous le ciel troué, et une lumière
« rouge a fumé de ses bords. Une lueur
« plus rouge a répondu sur une loin-
« taine obeliscolychnie.

« Cette obeliscolychnie a sans aucun
« doute arrêté notre course, car elle a
« la forme du geste, du commande-
« ment, et elle me rappelle les mâts
« des navires des hommes, comme la

« coquille qui est la bouche de la mer
« me rappelle l'empreinte dont la quille
« ovale des vaisseaux signe le ventre
« violet de la Rieuse.

   « Ce que voyant, j'ai hurlé comme
« une chienne à Phœbe et couru en er-
« rant par toute l'île, jusqu'au tombeau
« de Micromégas.

   « L'homme géant traverse toute l'île
« couché dans son cercueil de fer, dont
« la tête est sous la Grande Ourse. Et
« il s'en va lentement vers l'occident
« avec toute l'île, formant une croix
« avec les pôles; il mène toute l'île et
« moi avec elle vers la double colonne
« d'Héraklès, et j'aime le géant mort de
« qui et sur qui est écrit en lettres
« ioniennes qu'il est étonnant à voir
« que ce grand corps tienne couché en
« une petite île.

   « Je n'ai pu animer Micromégas ni
« me joindre à la ronde quotinocte

12.

« des vierges autour de l'enceinte.

« Toutes les nuits je me tiens nue et
« debout contre la muraille de verre,
« et je regarde mon image collée con-
« tre moi debout dans la mer liquide.

« Il y a une inscription sur la mu-
« raille, comme quoi pour celui qui
« embrasse passionnément son Double
« à travers le verre, le verre s'anime
« en un point et devient sexe, et l'être
« et l'image s'aiment à travers la mu-
« raille, que ce soit par la volonté des
« immortels ou par l'artifice d'un sa-
« vant homme qui a construit des ma-
« chines semblables aux vivants, et qui
« se meuvent, oscillant aux flots et à la
« libration de l'île, de l'autre côté du
« verre.

« Les nuages ont plu tout le jour, et
« l'eau passe à travers l'île pour re-
« joindre la mer souterraine. L'île a
« repris sa course vers la vague occi-

« dentale et je ne vois pas le soleil,
« noyé derrière la double colonne
« d'Héraklès, mais un arc-en-ciel sou-
« tenu à ses deux bouts par les deux
« chapiteaux distants.

« Nos chants siréniens disaient que
« qui passe en barque sous l'arc-en-ciel
« change de sexe : je retournerai ce
« soir vers la muraille de verre. »

.   .   .   .

« Cymodocé, suspendue comme une
épeire marine par ses cheveux de bys-
sus glauque entre les deux colonnes
d'Héraklès, regarde s'avancer l'île mou-
vante d'obscur cristal. Une forme blanche entre-luit au fond, et des ongles
grincent contre le tain terrestre de la
vitre de l'autre côté de la mer. Puis
une étoile blanche s'allume et le verre
se fend ovale dans la muraille ; la forme
blanche se fait visible avec le sang, né
de la dent du verre, qui la drape

du ventre à la pourpre des ongles.

« La mer siffle dans la plaie, emplis-
sant le vase de l'île, qui, déjà franchis
les deux piliers, bascule en arrière; et
l'eau et l'air mêlés jaillissent jusqu'à
l'arc-en-ciel qui grésille, par le trou
pareil à l'évent d'un physetère.

« Et Cymodocé recueille, flottant
sur l'eau, le corps blanc et pourpre,
tel qu'une navette de sperme de ba-
leine.

— Prose d'officier, » dit Sengle en
jetant le manuscrit dans la cheminée,
muni d'une allumette, car on n'était pas
en hiver.

LIVRE IV

LE LIVRE DE DRICARPE

« Voyons donc quels sont ce
contes que tu veux me faire. »
DON QUICHOTTE.

I

JEUX D'ÉCOLIER

Le conseil de guerre. Sengle, les lèvres rasées, descendu de cellule, serre
son revolver de sa main malgré les la-
vages encore gantée de bleu, dans la
haute poche de sa capote règlementaire.
Le bras droit du prisonnier est engaîné
dans une manche noire. Et il y a beaucoup d'autres prisonniers aux lèvres
rasées et qui ont une manche noire, et
ils semblent des escholiers anciens dans
leurs costumes mi-partis.

Les formalités militaires se déroulent,

et les plaidoyers pour la forme, avec
au bout l'Afrique et les pioches, surtout un service plus long aux plus ha-
sardeuses évasions.

Sengle libre au pistolet de tir faisait
sept mouches au commandement. Il
n'est maladroit qu'au lebel militaire.
Un, deux, trois, quatre, cinq, il a gagné
cinq feuilles de macarons au jeu de
massacre ; cinq des plus chamarrés ont
sauté de leur voiture. Six. Malgré la
tradition des faits divers, Sengle n'a
rien gardé pour lui. A travers l'encens
précédent, il touche d'un bruit flasque
la foule intermédiaire.

Dans la fumée dissipée, la veilleuse
se balance toujours, et Sengle souillé
essuie son ventre et sa poitrine avec
son mouchoir.

II

PATAPHYSIQUE

Sengle s'était cru le droit, de par son influence expérimentée sur l'habitus de petits objets, d'induire l'obéissance probable du monde. S'il n'est pas vrai qu'une vibration d'aile de mouche aille « faire une bosse derrière le monde », parce qu'il n'y a pas de derrière l'infini ou peut-être que les mouvements se transmettent cartésiennement en anneau (il est bien prouvé que les astres décrivent des ellipses ou tout au moins des spirales elliptiques de pas court, et

qu'un homme dans un désert croyant
aller droit marche vers sa gauche, et il
n'y a pas beaucoup de comètes); il est
évident qu'un petit mouvement rayonne
en des déplacements d'extérieurs considérables, et que l'écroulement réciproque du monde n'est pas capable de
mouvoir de façon à lui en donner conscience un roseau ; car ledit roseau, emporté dans la retraite, qui n'est jamais
un sauve-qui-peut, des ambiances, res-
terait à sa file et à son rang et constate-
rait que ses rapports, selon les diverses
formes de pensée, à ces ambiances ont
permané.

Nosocome avait pendu sous un globe
une paille horizontale à une soie de
cocon, et vérifié que l'approche d'une
chaleur animale ne déplaçait pas assez
l'air inclus pour une libration. Sengle
distant de plusieurs mètres obtenait des
déclinaisons par un regard peu prolongé.

Sengle joua aux dés un jour, dans un
bar, contre Severus Altmensch, au premier quinze. Il amena trois fois cinq,
cinq et cinq. Et il prit plaisir à annoncer
à Severus les points invraisemblables
qu'il percevait tournoyer, avant leur
sortie de l'opacité du cornet. Et, le second coup, déjà un peu ivre d'absinthes
et cocktails, il jeta cinq, quatre... Le
bourgeoisisme idiot de Severus ricanait;
et six. Personne ne joua plus aux dés
avec lui, car il dépouillait de sommes
considérables.

Sa force, expirée vers l'Extérieur,
rentrait en lui draînant l'apport de com-
binaisons mathématiques. Sengle cons-
truisait ses littératures, curieusement et
précisément équilibrées, par des som-
meils d'une quinzaine de bonnes heures,
après manger et boire; et éjaculait en
une écriture de quelque méchante demi-
heure le résultat. Lequel on pouvait

anatomiser et atomiser indéfiniment,
chaque molécule étant cristallisée selon
le système de la masse, avec des hiérar-
chies vitalisantes, comme les cellules
d'un corps. Des professeurs de philosophie chantent que cette similitude aux
productions naturelles est du Chef-
d'Œuvre.

Et quant à sa vie pratique, il avait
sûre confiance, ayant expérimenté toujours, à moins que le principe de l'in-
duction ne soit faux, mais alors les lois
physiques seraient donc toutes fausses
aussi, qu'il n'avait qu'à s'en remettre au
bienveillant retour des Extérieurs, qui
le choqueraient et bloqueraient dans
une série d'impasses d'actes, jusqu'à ce
qu'il émergeât, par l'escalier intérieur
du sel, au sommet de la Pyramide. Et
cela ne l'avait jamais trompé.

Il résultait de ces rapports réciproques
avec les Choses, qu'il était accoutumé à

diriger avec sa pensée (mais nous en
sommes tous là, et il n'est pas sûr du
tout qu'il y ait une différence, même de
temps, entre la pensée, la volition et
l'acte, cf. la Sainte Trinité), qu'il ne
distinguait pas du tout sa pensée de ses
actes ni son rêve de sa veille ; et perfec-
tionnant la leibnizienne définition, que
la perception est une hallucination
vraie, il ne voyait pas pourquoi ne pas
dire : l'hallucination est une perception
fausse, ou plus exactement : *faible,* ou
tout à fait mieux : *prévue (souvenue*
quelquefois, ce qui est la même chose).
Et il pensait surtout qu'il n'y a que des
hallucinations, ou que des perceptions,
et qu'il n'y a ni nuits ni jours (malgré
le titre de ce livre, ce qui fait qu'on l'a
choisi), et que la vie est continue ; mais
qu'on ne s'apercevrait pas du tout qu'elle
est continue, ni même qu'elle soit, sans
ces mouvements de pendule ; et on vé-

13.

rifie d'abord la vie aux battements
du cœur. Il est très important que ce
soient des battements ; mais que la dias-
tole soit un repos de la systole, et que
ces petites morts entretiennent la vie,
explication qui n'est qu'une constatation, Sengle s'en foutait comme du sa-
vantasse, son quelconque auteur.

Le monde n'était qu'un immense ba-
teau, avec Sengle au gouvernail ; et
contrairement au concept hindou de la
grande Tortue portant l'univers minime,
l'image la moins absurde était celle
de la balance romaine, un poids fabu-
leux reflété (le couteau intermédiaire du
fléau étant la lentille, quoique cette
supposition soit contraire à toutes les
lois optiques) et équilibré par Sengle.
Plus philosophiquement, et Sengle ne
croyant pas péché l'orgueil imaginait
volontiers ce schéma formidable, construit alors en observant les théories de

la formation des images, les rayons
croisés au même point que ci-dessus,
ainsi c'était bien Sengle qui s'identifiait
à l'image agrandie, et la figure imagi-
naire ; et le monde minuscule, culbuté
par la projection de son sosie gigantesque sur l'écran de l'autre plateau de
la balance, croulait, comme une roue
tourne, sous la traction du nouveau
macrocosme.

Don Quichottisme un peu que la
conception de ce grand moulin à vent,
mais il n'y a encore que les imbéciles
qui ne les connaissent que par la mou-
ture.

Et Sengle avait dulcinifié ou déifié sa
force.

III

QUELQUES TRUISMES

La science, disent les bourgeois, a
détrôné la superstition : une maladie
n'est plus causée par le malin esprit,
mais par des microbes que l'on sait
détruire d'après des règles connues. Or
on va de la science parfaite au concret
digne de La Palisse : car on dit ce qui
est visible aux yeux mortels (ce sont
toujours des yeux mortels, donc vul-
gaires et très imparfaits, les supposât-
on renforcés des microscopes des sa-
vants ; et l'organe des sens étant une

cause d'erreur, l'instrument scientifique amplifie le sens dans la direction de son erreur).

La doctrine ancienne dit : la maladie, le mal physique, tout ce qu'on voudra, est un épisode de la lutte éternelle d'Ahriman contre Ormutz, du principe du mal contre le principe du bien. L'invocation d'Ormutz combat la cause du mal et non ce mal lui-même, qui n'est qu'un effet, renouvelable par conséquent tant que la cause subsiste.

Dans les intelligences supérieures, Ormutz et Ahriman se donnent la peine d'entrer en lutte en personne. Chez elles le mal est vaincu par la prière. Chez les âmes simples pareillement. C'est la théorie peu neuve du Dr Misès, qu'il n'y a point de différence entre la sphère, forme d'un corps rudimentaire, où ne se sont développées aucunes protubérances (Ormutz, dirons-nous ici), où

ne se sont creusées aucunes dénivella-
tions (Ahriman), et la forme d'un corps
parfait, qui est encore la sphère, parce
que ce corps possédera toutes les protubérances et tous les creux (s'il est pur,
ceux-ci au moins à l'état de souvenir,
ce qui n'est point différent de ce que le
vulgaire appelle la réalité actuelle),
présentera donc une multitude de reliefs
et de dépressions, sera infiniment ru-
gueux — ce qui est la définition, comme
on sait, du corps poli, le poli résultant
de la petitesse extrême des saillies, qui
est en raison directe de leur multipli-
cité. Ces intelligents supérieurs, en
petit nombre, se reconnaissent à divers
détails physiques. On peut dire d'eux
ce que dit l'Évangile : « S'ils boivent
quelque poison mortel, ils n'en éprou-
veront aucun mal. » Dans la vie pratique, les bourgeois ou les hommes de
science les appellent des fous ou des

malades, parce que le bourgeois n'est
pas assez instruit pour étudier le corps
et que le savant l'est trop — de l'histo-
logie cérébrale — pour étudier l'âme.

Entre le savant et le bourgeois, même
comparaison si l'on veut qu'entre l'esprit simple et l'homme de génie. Le savant est l'homme de génie de l'analyse
(nous n'oublions pas l'esprit synthéti-
que, dit-on, de Cl. Bernard, etc., mais
toute science est plus analyse qu'une
littérature, n'est-ce pas?) parce qu'il
sait, s'il ne la fait, qu'il y a une synthèse
possible. Il omet toujours le principe
de synthèse, qui est ce que nous appe-
lons Dieu, principe vivant auquel ramène peut-être sans le savoir la théorie
des idées-forces. Le bourgeois n'est
pas capable de comprendre le principe
de synthèse et le cherche tout de même
— en analysant. Les résultats sont
identiques.

V

LE TAIN DES MARES

Le clocher est semblable à un peuplier .
A la cime perche la Sainte dorée
Dans l'ombre, rose des vents mélanco-
    lique
Avec sa Fille, et sous leurs pieds les Re-
    liques.

Sengle avait été conduit tout petit enfant à ce pèlerinage de Sainte-Anne, et en gardait des souvenirs qui étaient plusieurs.

D'abord, c'était le plus long voyage en chemin de fer qu'il eût fait, d'autant plus long qu'il avait toujours le mal de mer en chemin de fer.

Ensuite, on arrivait dans des cercles sacrés de pierre grise, et tout le monde montait à genoux des marches douloureuses, jusqu'au sommet d'un triangle de granit ; et il jouait debout parmi, parce qu'il était tout petit enfant.

Et il y avait au pied de l'escalier, sur une route droite, des fossés avec des mares et des grenouilles bleues, et Sengle aimait beaucoup les mares, parce qu'on ne sait jamais les bêtes qu'on y trouvera, ni même, avec le tarissement solaire, si l'on retrouvera des mares ou les mêmes mares, et on croit toujours les avoir rêvées.

La première impression d'amour de Sengle fut de vagues fuyantes devant sa course.

Il y avait de l'eau aussi, mais sans

herbes ni bêtes, dans les trois bassins
de pierre de la fontaine. Des vieilles
offraient et vantaient des bolées de l'eau
miraculeuse et vous les jetaient aux
talons quand on passait outre, et mau-
gréaient. L'une, à qui il refusait l'au-
mône, lui dit :

« Que le bon Dieu vous bénisse...
que le bon Dieu vous bénisse, la paille
au cul et le feu dedans. »

On acheta pour Sengle, à l'une de ces
vieilles, une petite bague d'argent qui
s'usa tout doucement, jusqu'à dispa-
raître, sur son doigt.

Il connut la basilique illuminée toute
la nuit comme un brasero du parvis, et
fut la communion de la bouche rouge
du grand portail.

Il s'extasia devant les costumes et la
beauté *grecque* des filles, et rit un peu
que les fils des fermiers les plus riches
fussent signifiés par un pantalon plus

sous les bras et la raideur plus courte de leurs blouses.

Il conçut Sainte Anne comme un astre double, soleil et lune, faisant les cordages secs des baves filamenteuses des grains, et nette la mer de ses mobiles verrues visqueuses ; et glaçant d'un tel froid les moulins incendiés, qu'elle congèle même la flamme.

Il ne vit jamais les pierres de Carnac; mais que les piles du pont d'Auray étaient de granit triangulaire; et il fit voir à des muettes ses paroles, et elles lui répondirent, quoique sourdes, avec une voix mathématique; et un sourd-muet qui ne regarda ni ne répondit secoua la pendaison d'une lanterne sur trente squelettes en - dessous d'une trappe.

Parmi les bruyères, penil des menhirs,
Selon un pourboire, le sourd-muet qui
   rôde

Autour du trou du champ des os des
    martyrs
Tâte avec sa lanterne au bout d'une
    corde.

Sur les flots de carmin, le vent souffle en
    cor.
La licorne de mer par la lande oscille.
L'ombre des spectres d'os, que la lune
    apporte,
Chasse de leur acier la martre et l'her-
    mine.

Contre le chêne à forme humaine, elle a
    ri,
En mangeant le bruit des hannetons,
    C'havann,
Et s'ébouriffe, oursin, loin sur un rocher.

Le voyageur marchant sur son ombre
    écrit.
Sans attendre que le ciel marque minuit
Sous le batail de plumes la pierre sonne.

Et on le remmena à pied jusqu'à des

gares, par une route matinale de genêts,
ocellée des croissants de petits scorpions
noirs.

Il ne revint jamais à Sainte-Anne,
mais passa, en wagon, plusieurs fois
devant la pancarte blanche et bleue in-
diquant le bourg. La nuit, une distance
avant et une distance après, le bourg
l'appela par le bruit de mer d'un péren-
nel trinqueballement de cloches ; le
jour, levaient les doigts vers lui une
multitude de petits ifs de Noël, tout
pareils par leurs vergues retroussées à
une forêt de chandeliers à sept branches
du temple de Jérusalem.

Et il se souvenait d'une foule de choses
qu'il avait vues à Sainte-Anne et qui n'y
avaient jamais été, comme d'une Mort-
Saint-Innocent, la tête en forme de mas-
sue de sauvage, avec qui il avait de longs
pugilats en rêve, dans un inexistant
caveau de la basilique.

14.

Et Sainte Anne était tout l'aimable,
aux sens et à l'âme, du plus ancien
passé de Sengle.

Sengle élut donc Sainte Anne comme
truchement de soi avec l'Extérieur et
synthèse de toute sa force éparpillée en
saxifrage dans les interstices des pierres
militaires. Et il forma cette synthèse par
une invocation perpétuelle selon soi et
selon les rites.

Quand il la crut suffisante, il résolut
une épreuve probante, afin de savoir si
l'arme était prête.

V

PENDANT LES LAMPES

A quatre heures et demie, une sœur
venait dire la prière dans les salles, et
avant cinq heures on soupait. Sengle
allait présenter à la sœur trois épaisses
assiettes, pour le bouillon, l'aile de
poulet et la pomme cuite, descendait à
la cantine acheter une « crotte en cho-
colat », payait à l'infirmier le vin qui
lui était défendu, et les six derniers
quarts d'heure où il était permis de jouer
ou lire s'égouttaient monotones dans
les deux carcels que se disputaient le

double centre et les deux bouts de la table longue.

Personne n'osait rester debout après sept heures, du jour où un sergent entra à sept heures juste dans la salle des Fiévreux, Sengle n'ayant que le temps de s'engaîner tout vêtu dans ses draps, et prit pour quatre jours du Cabanon, là-haut, aux Détenus, les noms des non-couchés qui avaient eu la naïveté de laisser à leur chevet leurs feuilles.

A huit heures, tout chuchotement de lit à lit tu sous les réclamations des grands malades, il n'y avait pas d'exemple que quelqu'un fût éveillé dans la grande chambre ; et Sengle n'avait jamais pu rouvrir les yeux avant le froid des premières heures matinales, chu du vasistas de sa haute fenêtre.

La nuit, il n'y avait pas d'autres rondes que les pas emplumés de la vieille sœur, faisant boire les derniers venus, qu'elle jugeait les plus grands malades. Et Sengle les savait par ouï-dire.

Il ne crut rien pouvoir demander de plus difficile, pour l'épreuve de Sa-Dame, qu'un réveil en sursaut, cette nuit-là, à dix heures.

VI

DRICARPE

Dricarpe était ancien garçon marchand de vins — hum ? dit le Major.
Il se vantait de n'avoir été arrêté qu'une
fois pour escroquerie, laquelle consis-
tait en l'annonce de vedettes d'un journal, qui n'existaient pas ; et que le dimanche viendrait le voir un cousin
ex-perruquier aux Têtes-de-Veaux. Ses
gestes étaient en sautoir, comme d'un
valet de cartes, et sa face en forme de
cœur ; l'haleine chaude et puante, les

yeux toujours fermés, confondant leurs
cils au duvet des joues blondes. Mains
d'aveugle ou de modeleur, doigts de
bossu ou de coupeur de bourses. Avec
les claquantes savates d'hôpital, il
marchait comme les chats-huants et les
marlous nocturnes. Il témoigna d'une
grande dévotion pour se faire bien venir de la sœur, et le matin fit les lits de
tous les malades, afin d'avoir plus à
manger ; contradictoirement l'engueula
et la terrifia de jurons imprévus. Fuma
avec frénésie, comme il se serait limé le
larynx ; crachait du sang sans cela, et
des mucosités immondes que Carlyle
a signifiées en nommant les ordures des
oiseaux mous auxquels Dricarpe était
pareil : *owl-droppings*. Semblait ébloui
de la grandeur des salles, et de la liberté
intérieure absurde, puisqu'enclose de
grilles. En tout, craintif aux bruits et
aux lueurs, et hardi contre la surveil-

lance comme un pour qui les circonstances auraient fait l'idée de prison
presque innée.

VII

CHEVAUX DE BOIS

Comme Don Quichotte chevauchant
sa rosse entravée dans la forêt magique
évadait vers les contes de sens dépourvus
de Sancho le heurt invisible des mar-
teaux-pilons, Sengle et Dricarpe sur
leurs lits voisins écoutait et contait, et
il y avait dans leurs cervelles des bruits
de coups sur des cercueils fermés, ou,
par les fentes de portes, vers la lumière.
Et il leur paraissait naturel d'aboutir à
des histoires de prisons, car on sait si
bien être *autre chose* que la fable en-

tendue qu'ainsi ils étaient comparative-
ment libres, leurs paroles chassant au-
dehors les verrous. Le conte de Sancho
s'interrompait en des explosions de
peur burlesque ; les poumons de Dricarpe s'écroulaient et coulaient en pus
dans ses paroles, et il y avait des haltes
tintantes de crachoirs reposés. Ainsi ils
chevauchaient par-dessus les platanes et
cyprès balancés du jardin.

VIII

MENDIANTS ET PRISONS

Dricarpe dit :

« Je vais d'abord vous raconter une histoire de mendiants. Deux mendiants se rencontrent rue de Rivoli : « Viens, « nous irons chez ce petit charbonnier « boire un verre. » C'est un aveugle qui dit cela à un paralysé qui tremble. Deux demi-setiers. Le paralysé se fait lire le journal par l'aveugle et lui dit : « A la « tienne. »

Il s'interrompit pour cracher longuement, dans des convulsions, et com-

mença, comme suivant des notes, une
autre histoire.

« Une mendiante à la lettre avait
emmené son enfant dans la journée.
S'était saoulée avec d'autres mendiantes. Rencontre un marchand de
fleurs mendiant. Il lui offre un verre.
Elle aussi. Plusieurs verres. Au bout,
il était neuf heures du soir. A neuf
heures, n'ayant plus d'argent, elle ni le
marchand de fleurs, il lui dit :

« Prête-moi ton enfant pour aller
« chiner pour boire. »

« Le voilà parti avec l'enfant aux ter-
rasses et elle suivait par derrière. Lui
profite du moment qu'elle était saoule,
s'en va avec l'enfant, et il avait fait une
recette entre les deux, huit à neuf francs.
S'en va avec l'enfant chez un marchand
de vins, où il y avait des putains. Le
connaissant et voyant ce beau petit enfant, elles offrent au petit du lait et des

gâteaux. Lui boit quelques verres et s'en
va avec l'enfant coucher dans un hôtel,
rue Simon-Lefranc, met le petit dans le
lit et saoul se couche sur le tapis, pour
qu'on ne l'accuse de viol. Se réveillant
le lendemain matin, n'ayant plus le sou,
s'en va avec l'enfant dans les Champs-
Élysées, le matin vers midi mendier
pour faire son déjeuner. Va ramasser à
la Madeleine de vieilles fleurs pour chiner. Fait son déjeuner et s'en va boire
un verre chez Monsieur Rabus. On lui
dit que la mère vient de venir, il prend
son verre et laisse l'enfant dans le coin.
Mais ce que la mère a été faire au poste :
pleurer, a été volé, etc. Alors s'amène
et le retrouve chez le marchand de
vins. »

Il cracha encore et dit à Sengle :

« Je vais vous parler des jeunes filles
mendiantes. Des parents les envoient,
et les petits garçons, à partir de six ans

15.

jusqu'à dix-huit, vendre pour la frime, épingles, crayons, lacets dans un panier, principalement aux alentours des grands magasins, Louvre, Bon-Marché. Ils sont forcés de rapporter telle somme à leurs parents, de 2 à 6 francs ; mais au lieu de vendre ils font plutôt le truc. Et les parents sont plutôt un peu de leur faute parce qu'ils taxent les enfants, ne font rien et les battent.

« Je vous parlerai un autre jour des mendiants qui louent des enfants... des femmes mariées mal avec leurs maris pour putanisme, de la dernière classe. Il y en a qui ont des enfants et boivent entre elles, alors que le mari ne rapporte pas assez d'argent. Il y en a qui n'ont pas d'enfants et s'adressent à celles qui en ont, et voisines. S'en vont avec un ou deux implorer, parce qu'elles ont plus de toupet que celles qui sont mères véritablement.

Les premières louent pour boire, ayant peur que leur mari les apprenne mendiantes.

« Les estropiés : les estropiés, bancals, etc. Leur principale vie, se lever le matin à huit heures pour aller faire leur tournée jusqu'à onze ; et leurs *outils*, entre eux, c'est de boire quelques verres, soit deux ou trois absinthes, pour *travailler*. « Passe-moi mes outils, » disent-ils devant le public. Appellent *chantier* le lieu où ils travaillent (mendient), et leur travail fini se donnent rendez-vous pour dîner entre eux, dans des bouges que sont généralement les taules où ils vont manger. Après, boivent jusqu'à deux heures et demie. C'est l'heure que « le rupin commence à sortir », pour se remettre en chantier, parce qu'ils n'ont plus de pognon. Si la recette est bonne, ne travaillent que jusqu'à cinq ou six heures. Sinon, vont

chez le bistro pour se redonner du
toupet et faire la sortie des ouvrières,
avenue de l'Opéra ou rue de la Paix ou
bien rue Tronchet, et à la Madeleine.
Vont dîner ensuite, et commencent à se
saouler jusqu'à dix ou onze heures. S'ils
sont trop saouls, vont se coucher, ou
sinon faire la sortie des théâtres. Des
fois, rencontrent quelques vieilles mendiantes (trente ou quarante ans) comme
eux, qui vont coucher avec eux pour
avoir la croûte et la taule, parce qu'elles
n'ont rien fait. Ou des jeunes filles de
vingt ans se mettent avec l'estropié pour
l'argent, ne sachant faire débrouillarde-
ment la noce...

« Il y a les mendiants au marchand
de journaux...

« Mais les mendiants valides sont le
plus souvent en prison... »

IX

REPORTAGE

Six heures du soir, un entrant en mac-
farlane bleu et un infirmier qui porte
son billet d'hôpital.

« Voici Monsieur Philippe, dit à
Sengle Dricarpe en le voyant se retour-
ner vers la lumière.

— Bonjour, Monsieur, dit le petit en
détachant sa veste et ses brodequins à
éperons pour se coucher dans le lit à
gauche de Sengle ; vous attendez la
réforme aussi ?

— Dans un mois.

— Alors je vais être libre avant vous...
Est-ce qu'on va prendre ma température ce soir ? J'ai un peu de fièvre. Mais
c'est grand ici, sale et triste. On ne peut
pas sortir tous les jours ?

— En demandant la permission au
médecin-chef. Mais j'aimerais mieux la
réforme d'abord et une seule grande
sortie après.

— Vous savez que de sortir ça ne m'a
pas été utile à Biarritz ?

— Je sais, j'ai lu.

— Parce que je n'étais pas dans ma
résidence assignée. Je me suis caché
dans une auberge où ils m'ont vendu
comme des brutes. Sans cela, je filais à
cheval jusque chez moi, je me couchais
et j'étais inviolable. Mais les gendarmes
m'ont pris avant. »

Il parlait bref et vite, d'une voix d'enfant confiant pressé ou haletant. Deux
infirmiers vinrent avec un thermomètre.

« Vous avez de la fièvre ? dit l'infirmier de visite.

— J'en ai toujours un peu le soir.

— Avez-vous 38 ? Oh oui, vous êtes tout moite et puis il ne faut pas vous fatiguer. »

Et l'infirmier d'exploitation fit un point et un trait sur la feuille quadrillée à la lueur d'une bougie placée sur la tablette à la tête du lit.

« A quelle heure la visite ? demanda Philippe.

— A huit heures. On se lève avant, mais on n'est pas forcé.

— Pour la visite, on se couche ?

— Oui, cela vaut mieux les premiers jours.

— Je me coucherai. »

Le planton entra.

« Monsieur, voilà vos lettres et journaux, dit-il obséquieux.

— Merci bien... Vous pouvez vous en

aller. Quelle tête de betterave, dit-il à Sengle.

— Oui, pas mal, » répondit Sengle assoupi déjà. Les infirmiers avaient laissé avec prévenance le chandelier au verre ovoïde au chevet, et la tête blonde aux lèvres sensuelles et au menton violent, ensemble presque féminin pourtant, flottait sur le craquement des journaux dépliés. Les infirmiers regardaient en contemplation curieuse et respectueuse assez comique. L'un apporta un crachoir de porcelaine blanche.

« Merci bien, mais je ne crache pas beaucoup. »

Sengle s'endormit tout à fait.

« N'est-ce pas qu'il est très gentil ? » lui dit Dricarpe comme il fermait les yeux, percevant deux derniers rayons de la bougie et de la veilleuse suspendue, jambages inférieurs d'un R d'or gigantesque.

X

HEURE MILITAIRE

« Tu ne vas pas me dire que tu ne
te fais pas dauffer, avec ton foulard
autour du cou, Mademoiselle Tata !

— Je vais te foutre sur la gueule.

— Faut pas me la faire, il n'y a qu'à
te voir marcher, je vais te dauffer moi-
même. On n'est pas beau, mais on
est si cochon. Un peu sur le bord... »

Une rixe, une baïonnette tirée, avec
le même bruit qu'un pistolet qu'on
arme ; un petit bleu infirmier qui s'ef-
fondre à la renverse sur les pieds de

16

Sengle ; un gros corps par-dessus, sang et vomissure.

Sengle se réveille, ne comprend rien, est dégoûté, se souvient, et demande à Dricarpe, réveillé dès les premiers heurts et qui répond parce qu'il n'a pas vu le meurtre invraisemblable :

« Quelle heure est-il ?

— Dix heures sont sonnées il y a une minute. »

XI

JUSQU'A UNE DATE

Sengle cessa d'être actif, ce qui con-
sistait pour lui à épier si l'Extérieur
surnaturel s'occupait de lui construire
ses œuvres, et prit conscience du temps
par le discontinu des événements, sans
lien que successif, qui défilèrent jusqu'à
une bienheureuse date. Ainsi Sengle
libre, comme un enfant une image d'Épi-
nal, regarda plus tard passer des parades
militaires, lui étant agréable, même
d'un *passé* horrible, de se souvenir.

Tel jour, un soir.

Ravachol, ainsi nommé parce qu'il
savait lire et exposait par intervalles,
d'une seule phrase, quelque idée anar-
chique très simple et toujours la même.
Au bout d'un très grand nombre d'années de service, il avait attrapé au Tonkin la vérole et une fièvre dont il resta
hémiplégique. Il était à sa troisième
année d'hôpital, attendant les douze
cents francs de la pension n° 1, pour
blessures de guerre. L'Administration
tâchait de conclure à une hémiplégie
post-syphilitique, et faute de mieux,
d'arriver à confisquer ses papiers et
l'expulser de l'hôpital.

Cela arriva une fois : Ravachol s'ar-
rêta avec son squelette extérieur de béquilles compliquées contre une borne,
ôta son képi et mendia :

« Alsacien, blessé au Tonkin... »

Un député le fit réinstaller.

Philippe donna à Ravachol deux
louis. Astiqué en vieux militaire, il
sortit avec un infirmier, vers une maison à soldats ; et il promit cinq francs à
l'infirmier pour qu'il le posât sur la
femme, comme il l'étendait sur son lit
dans la chambre des Fiévreux, et mût
vigoureusement, à des commandements
militaires, ses reins paralysés.

Il rentra très ivre, et joua aux dames,
à quoi il était très fort, avec un gros
aphasique. L'aphasique perdant lui
donna un coup de poing ; Ravachol prit
le damier par un angle et frappa ; et,
sans béquilles, il s'écroula à la suite du
poids, parmi les rires.

Tel jour, un matin.

Les deux majors vinrent au lit de
Philippe. Le plus gradé était celui qui
avait le moins de titres médicaux.

16.

« Êtes-vous sûr que ce ne soit pas un
comédien ? dit-il en montrant Philippe.
Vous savez qu'on a inventé des appareils
très perfectionnés pour transporter les
crachats tuberculeux. Au fond d'une
éprouvette grosse et courte. Il y a un
tube qui va jusqu'au fond. On souffle
par un autre tube. On peut dissimuler
le tout dans sa main. On l'approche de
sa bouche, et le crachat sort.

— Monsieur le Principal, l'avez-vous
ausculté ? Il y a une caverne bien souf-
flante et bruissante ici à gauche.

— Il y a évidemment une caverne,
dit le haut gradé après avoir écouté,
sans avoir l'air de savoir d'ailleurs à
quels signes on reconnaissait une caverne. C'est un vrai nid de bacilles, là-
dedans. Je ne m'étonne plus de ses
crachats. Il faut le ponctionner, assuré-
ment.

— Pardon, Monsieur... Monsieur le

Principal, veux-je dire, dit Philippe.
J'ai cette caverne depuis l'âge de douze
ans et je sais que ce poumon gauche est
entièrement perdu ; mais le docteur ***
qui me soigne m'a dit de ne jamais me
laisser ponctionner ; elle est circonscrite
et cette opération l'étendrait. Je prends
mon parti qu'on ne me réforme pas,
mais je ne veux pas qu'on me tue.

— Là, là, calmez-vous, on ne vous
fera rien, dit le second major en lui
donnant une petite tape derrière la tête.
Laissez-moi aussi vous ausculter.

— Quel soldat ça fait, dit le Principal voyant Philippe subitement éva-
noui. Enfin, votre canule est placée ?

— Parfaitement, mais j'ai dû tou-
cher la pointe du cœur. Pourquoi a-t-il
bougé au lieu de se laisser faire ?

— Cela me tire, j'étouffe, dit Phi
lippe remis sur son séant.

— Mais on ne vous ponctionne pas,

dit le Principal. Ce n'est pas une seringue, c'est une sonde. Enfin, puisque
le trou est fait, laissez-nous vous débar-
rasser : aussi bien, la caverne est explo-
rée maintenant...

— J'ai plus confiance en mon médecin qu'en vous, jeta Philippe.

— Prenez garde, vous risquez plus
en ne continuant pas.

— Allons, tant pis, dit Philippe en
serrant les dents, malgré les signes de
Sengle qui lui siffla :

— Jeune daim ! »

Le bruit grinçant de la petite pompe
alterne, les stagiaires font cercle, le
liquide rouge distille dans le fla-
con à trois tubulures que tient l'infirmier.

Philippe ne dit plus rien, sa chemise
est rabattue sur sa tête.

« Ah ça, il n'avait pas besoin d'être
ponctionné, dit le Principal.

— Peut-être la canule est-elle mal placée, dit le Major.

— Enfin, continuez, dit-il à l'infirmier, on verra ce qui sortira enfin.

— Il ne vient que du sang et des fibrilles de chair.

— Ça ne fait rien, ça lui aura valu toujours une bonne saignée, dit en se frottant les mains le Principal. On a tort d'abandonner cette ancienne pratique, ça n'a jamais fait de mal à personne. »

Ils partent, Sengle engueule Philippe de tous les noms, pendant que le caporal infirmier applique sur la piqûre du dos haletant un peu de collodion.

Tel jour, une après-midi.

Sur un banc, ils jouèrent aux dés, jetèrent du pain aux moineaux et organisèrent des courses de feuilles de pla-

tane, sous le vent qui roulait devant
eux, vers une pièce d'eau. Puis Dricarpe
reprit ses histoires — ou la sienne :

« Il y a des mendiants à qui ça ne
fait rien d'être pris, parce qu'*ils ont
des places* dans les prisons de la Seine.
Ça ne leur fait rien d'être condamnés à
six mois ou un an. Ils ont débuté par un
mois ou deux et en ont pris le vice ; ils
ne veulent plus travailler dehors et chi-
nent en sortant, pour avoir une place
de contre-maître aux chaussons (1 fr. 25
par jour), ou aux ballons, sacs, etc. Ou
à la cuisine. Ils sont plus libres et n'ont
presque rien à faire. On les met là-bas
parce qu'ils gagnent (certains) moins
d'argent. Il y a cinq dixièmes pour le
détenu et cinq pour la maison. Le détenu à cinq dixièmes en a cinq pour la
cantine et cinq pour la masse à la sortie.
Il y en a qui n'ont que quatre dixièmes
ou trois dixièmes, ceux qui ont plus

d'un an de prison et ceux qui ont plus
de cinq ans.

« On les met contre-maîtres parce
qu'ils ont plus d'influence sur les jeunes
et savent mieux le métier, et mouchar-
dent aux gardiens, et aussi principalement parce qu'ils ont tant de bénéf sur
la marchandise, un sou sur tant de mille
de sacs, ou quatre francs par mois, ou
deux centimes, ou sur cinq cents lam-
pions de faits. Ils ont le droit de dé-
penser cette gratification, pour que le
travail se fasse mieux et plus vite. S'ils
travaillaient, ils gagneraient moins. Et
ils n'ont que trois dixièmes. On met la
gratification sur la cantine.

« Le travail des estropiés dans les
prisons ? Dans le temps ils ne travaillaient pas, un manchot ne travaillait
pas. On lui faisait faire la queue de cer-
velas dans la cour avec les inoccupés.
On leur fait *coudre des sacs* et faire des

boîtes de bûches pour allumer le feu.
Ou bien plantons pour tirer la cloche,
ou au greffe pour appeler les personnes
qui sont dans les ateliers pour aller au
greffe. Les vieux, à partir de soixante
ans, ou qui voient mal clair, on leur
trouve toujours du travail pour les occuper, soit à Nanterre. On les met au
Sénat, qui consiste à trier des rognures
de papier de la maison Hachette les de
couleur et les blanches. Ils se font
mettre là parce qu'ils sont classés là
mais n'y travaillent pas. Il y a juste
place pour quatre ou cinq, et il y en a
jusqu'à quatre-vingts. Ils peuvent attendre un mois avant de travailler, et sont
partis avant.

« L'infirmerie de Nanterre appartient
à l'Assistance publique. Il y a des médecins très bons... il y en a. Les malades
sont des vieux à moitié fichus. Quand
on va à la visite, le médecin donne sur-

tout de l'Hunyadi-Janos ou du bismuth, car il n'y a pas de place pour les grands malades et ce sont les flemmards qui y sont. Pour quatre-vingts, le médecin en a pour dix minutes. Donne à ceux en traitement des pointes de feu ou des ventouses. A une diarrhée :

« Vous lui donnerez une journée de « repos, vous le laisserez au réfectoire « pour qu'il n'attrape pas froid. »

« Pour les bronchites, donne un verre de tisane froide. Quand ça change de boulanger, le pain est bon mais guère meilleur que dans les prisons et au-dessous du pain de troupe. On fait des bonshommes avec la pâte. La corbeille de l'exposition.

« Je vous parlerai encore des marchandes de fleurs, des jeunes filles qui font semblant de vendre des fleurs le soir à la main et font plutôt le truc, près de l'Olympia, rue de Sèze, au rond-point...»

17

...... La visite de Nosocome parle du régiment :

Le piquet en bas. Au feu !

Nosocome était rentré depuis six jours de convalescence. On lui avait refusé de se louer un remplaçant afin de pouvoir sortir. Il part avec son peloton en tenue de corvée derrière la pompe.

L'incendie, comme tous les incendies. Il y a une façade en fer qui ne brûle pas, mais chauffe seulement, par où l'on peut monter pour porter plus haut la lance et sauver des objets. Nosocome grimpe le premier et après quelques mètres est abattu par une poutre. Les plaies de son bras et de son pied, pour lesquelles il avait été couché deux mois, se rouvrent dans l'effort d'avant la chute. N'importe, il remonte et les officiers le regardent avec beaucoup de soin.

« Il n'y a plus de danger, dit le lieutenant du premier peloton. Menons-les

manœuvrer un peu, le Champ de Foire
n'est pas loin. Ils n'ont pas d'armes,
on leur fera faire de la boxe. L'autre
peloton, qui est en tenue de service,
fera des feux en marchant.

— On va en laisser pourtant quel-
ques-uns, dit le lieutenant Vensuet, pour
garder le feu et puis ça les reposera. Ils
en ont besoin. Ou plutôt, on va ren-
voyer les écloppés à la caserne et les
autres pivoteront.

— Et ce grand diable là-bas, qui est
pour s'en aller avec eux. Bougre de
Savoyard de tireur au cul, voulez-vous
rester là et attendre vos camarades pour
partir à la manœuvre !

— Il a bien travaillé ce militaire,
vint dire le paysan incendié. Il s'est
blessé et a saigné partout.

— C'est Nosocome, dit Vensuet, je le
reconnais à présent.

— Ah ! c'est Nosocome, dit le pre-

mier lieutenant, alors c'est différent, il
n'a pas besoin de se reposer, il va rester
avec nous. Rassemblement, à droite
alignement. Couvrez derrière votre chef
de file, Nosc come, bougre d'andouillard.
Fixe. Par le flanc droit... »

Telle nuit.

Le planton à tête de betterave fut
victime d'une *bonne plaisanterie*. Ti-
rant sa flemme deux ou trois jours pour
« courbature » attrapée, dit paternellement le Major, « en pissant contre un
mur ? » il dormait toute la journée ou
blaguait en rires sonores près de Philippe, qui ne se levait plus jamais. Sa
tuberculose ayant été diagnostiquée « à
forme typhoïque », des infirmiers l'em-
poignaient d'heure en heure, et l'ayant
mis nu le précipitaient dans une baignoire glacée, contre son lit. Aux hur-
lements rythmiques, la nuit, des ma-

lades se retournaient, forgerons ou
laboureurs colossaux, puis marchaient
vers son lit avec menaces de lui casser
la gueule. On le mit enfin dans une
chambre isolée, au bout de la grande,
sans autre voisin qu'un Normand qu'on
croyait simulateur parce qu'il restait
paralysé depuis deux jours du bras
gauche à la suite de la maladroite piqûre d'éther d'un stagiaire. Et les cris
habituels de Philippe se devinaient, à
des heures, comme des sonneries ou des
cloches. Puis il fut mieux et trouva plus
gai qu'on lui accordât d'être retrans-
porté dans la grande chambre, où le
planton rieur dormait toujours.

La veille de l'aventure, le petit tuberculeux fit signe à l'aumônier passant
sa ronde, lequel revint vite avec des
ornements sacerdotaux à double face,
vêtus prestement, sans qu'on fit attention. Il confessa en parlant tout seul,

17.

retourna les couleurs des chasubles dis-
crètes et des étoles clandestines, com-
munia le malade. Après la nuit, celui-ci
fut très bien, grâce à quarante grammes
d'alcool, don du Major, aigué de la
promesse de congés fort longs. Et puis
soudain il fut tout pâle, ahannant les
mouvements de ses côtes dans un demi-
cercle de badauds accourus des jeux
des tables. La tête de betterave som-
meillait la bouche fendue. Et puis l'ad-
ministré jaunit tout d'un coup, maquillé d'une grimace, et la betterave
sauta en chemise et courut en hurlant
par les salles, l'escalier et le jardin. Des
militaires vinrent avec une bière passe-
partout, et deux jours après la badau-
derie précédente se renouvela devant
les vitres de l'amphithéâtre. Pour la
première fois Sengle prit conscience
qu'il était dans un hôpital traditionnel.

XII

IL N'Y A QU'UN JUSTE A SODOME

Le Major, qui était exceptionnelle-
ment un savant, travaillant pour soi,
pas militaire du tout et pas trop *médecin*, proposa Sengle pour la réforme,
ayant pris le service dans la salle quand
Sengle n'était plus *visiblement* malade,
parce qu'il comprit qu'il mourait de
nostalgie — quoique ce cas ne soit pas
prévu dans les livres des majors.

Il proposa Dricarpe, qui était « par
bonheur » assez malade pour que le rè-
glement l'autorisât (on est plus sévère

pour la réforme des disciplinaires) et le
sauva des bagnes futurs.

Il avait voulu proposer Philippe et
fut le seul qui le reconnût bien véritablement malade, son supérieur hié-
rarchique préférant l'envoyer mourir
ailleurs, afin que son hôpital ne fût pas
responsable.

Il causa avec Sengle, lui donnant d'ex-
cellents et intelligents conseils pour son
hygiène dans sa vie civile, et ils parlè-
rent ensemble des médecins militaires.

« Je suis épouvanté, dit le Major, de
l'ignorance des médecins stagiaires et
de leur stupidité. Vous aviez mal vu,
c'était un stagiaire qui toucha de son
trocart la pointe du cœur de Philippe.

« Plus nuls que les plus nuls médecins
civils, ils vont dans des provinces tran-
cher en une minute des existences in-
nombrables. Le rôle serait si beau du
médecin-major, unique soupape de sû-

reté de cette chaudière d'enfer de l'armée, qui éclatera sous la révolte des
intelligents — ou des malades torturés
— si on ne les lâche. Si le militarisme
subsiste, l'État devrait faire million-
naires les deux ou trois grands médecins dont il s'honore, pour compenser
la tâche fabuleuse qu'il leur donnerait,
et à leurs élèves, de décider de la vie de
l'intelligence — avant l'armée et pendant l'armée. Car il n'y a que les intel-
lectuels qui risquent d'y périr. Et on
enverrait au bagne, ou on ferait clercs
d'huissiers ou vidangeurs les actuels
cuistres et bourreaux. Je tremble en
prévoyant que mon fils leur passera par
les pattes...

— Le ferez-vous réformer ? » dit
Sengle.

Le Major parla d'autre chose.

XIII

La veille de la réforme.

« Eh bien, Sengle, lui dit le Major,
c'est demain. Vous n'avez pas un poil
de sec ? Allez faire un tour dans le
jardin, tâchez d'aspirer assez du bleu
du ciel pour en garder à vos paupières
et à vos doigts. »

Sengle passa devant divers officiers
malades qui n'exigèrent pas le salut,
confiants dans les écriteaux de leur
allée : *On est prié de ne pas exciter*, etc.
Et il fit le tour du bassin circulaire. Il

n'y tombait plus de feuilles, et toutes
celles qui y étaient tombées avaient
coulé. Leur tas nivelé montait jusque
sous la surface, et il n'y avait plus
qu'un grand tapis en couronne de ve-
lours pourpre un peu mouillé. Les poissons rouges nageaient le long de la
circonférence, la moitié du corps hors
de l'eau, comme sur les estampes ; ils
firent un tour entier devant Sengle, un
gros en tête ; et n'ayant trouvé en cette
exploration déjà des centaines de fois
renouvelée une eau non empoisonnée
du sang des feuilles, ils repartirent,
comme au pas, avec le une-deux haletant de leurs ouïes militaires.

Un des petits pantalons garance, le
museau à la chute du jet central, tétait
la vie — et Sengle l'heure — à la solitaire clepsydre.

LIVRE V

SISYPHE FAVORI

> Hélène Suasse, abandonnée des
> médecins et à l'agonie... vomit
> un serpent à deux têtes.
>
> *Ex-voto* de la basilique de
> Sainte-Anne.

18

I

UN PEU DE SACRILÈGE

Sengle était catholique et se confessait — à des intervalles — à un jeune prêtre qu'il avait eu beaucoup de peine à trouver, et qui approuvait presque une fois pour toutes ses fautes — dans le sens de sa nature et comme telles (s'il n'était pas scandaleux de juger ainsi des fautes) tendant vers Dieu. Ceux dont l'intelligence et le corps sont élus, à moins d'imprévu détraquement, se laissent aller dans la gravitation de leurs actes autour de leur synthèse intérieure, et

ne désobéissent à aucune prescription
du Décalogue, respectant en Dieu soi.
Les commandements altruistes : « Le
bien d'autrui... » sont d'aristocratiques .
formules d'isolement. « Dieu en vain tu
ne jureras » est la seule courtoisie va-
lable ; il est ridicule de cracher sur son
miroir, même l'inspectant par des besicles grossissantes. Les œuvres de chair
ne sont non répugnantes qu'avec des
pairs ; et en effet ce n'est que la forni-
cation que défendit Moïse.

Et Sengle, pour compenser dans la
symétrie de l'Extérieur le paradoxe de
sa liberté non-conforme, condescendit,
dans l'un des panneaux du triptyque de
la confession, à s'agenouiller, quoique
dans la guérite centrale épiât un prêtre
militaire.

Et la confession fut comme toute confession, avec cet amusement que le
prêtre crut parler à la soldatesque cou-

lumière, l'interrogeant d'abord des ivro-
gneries, lupanars et jurons.

« Non, » répondit simplement Sengle
aux questions ; puis il s'accusa sur quelques points qu'il prit la peine d'expliquer sommaires ; et enfin reçut la formule dont le vieux zouave sacerdotal
n'était que transmetteur.

Après les assassinats possibles ac-
ceptés, et tout le nécessaire pour l'éva-
sion vers soi, Sengle n'avait pas prévu
qu'il fût plus complet, dans la culbute
de tout, de repousser aussi du talon,
pas trop directement sans doute, Dieu.
On lui rendrait son être libre après le
Consummatum est comme dernier mot
de passe du militaire.

L'aumônier, ayant compris un peu et
honoré dans son âme confuse d'avoir
parlé avec un intelligent qui demain
serait quelqu'un et non plus un homme ;
peut-être simplement suivant des adieux

18.

usités au lâcher successif de ses ouailles
prisonnières, l'interrogeait sur sa santé,
demandant des détails.

Sengle résolument et *sincèrement*
conta les souffrances nosologiques, son
cœur anatomiquement curieux vérifié
par des docteurs divers, et toute la vé-
rité selon les certificats et l'intérieur de
l'hôpital.

Puis au matin il s'acquitta du nécessaire sacrilège.

Dom ***, à qui il s'accusa ou glorifia
plus tard, jugea :

« Les Commandements seraient monstrueux d'exiger la confidence d'un soi
compliqué à qui n'en est pas digne. Le
Christ en ses paraboles parlait selon
l'actuelle compréhension des peuples.
Et il faut se faire foule pour entretenir
la foule — sauf dans l'œuvre d'art, qui
ne la regarde pas. »

II

MYTHOLOGIES

Sengle prit son miroir, et y relut l'histoire de Sisyphe.

La montagne était construite avec beaucoup de soin :

En forme de tétraèdre, ou de pyramide issue de trois escaliers joints, dont les degrés, d'après une loi certaine, à mesure qu'ils s'étrécissaient vers la cime, paraissaient hauts d'autant plus.

Et l'Éternel des armées remit entre les mains de Monsieur Sisyphe le ro-

cher fatidique, raboteux de tant d'aspé-
rités qu'on ne le pouvait mieux com-
parer qu'à une boule parfaitement polie.

Et l'Éternel l'instruisit et dit :

« Voici, j'ai permis pour toi seul que
le diamant, selon des plans nouveaux
de clivage, puisse être taillé en forme
de boule

« Parce qu'ainsi, étant infiniment dur,
il sera d'une élasticité infinie

« Et quand tu auras gravi deux, trois
ou quatre degrés de la pyramide

« Avec cette sphère entre tes mains,
et que par sa lubricité elle se dérobera
à tes ongles, car elle est très lourde,

« Elle rebondira des degrés de porphyre rouge à une distance deux, quatre
ou huit fois géométriquement progres-
sante à travers la plaine de turquoise

« Et il sera tout à fait impossible que
tu la portes au sommet.

« C'est pourquoi je te donne pour

tâche (sous peine de mort, et il y aura un
de mes anges de plus en plus important à mesure que tu t'élèveras, et dont
la puissance sera semblable à la super-
position de plusieurs degrés dorés, pour
veiller à ce que tu ne t'arrêtes nul moment) de porter la sphère de diamant
dans la coupelle terminale de la pyramide de porphyre ;

« Et de peur que tu ne te dépites et
ne grimpes précipitamment, ainsi qu'un
être dépourvu de sens, exaspéré comme
un homme qui joue au bilboquet jusqu'à la mort et ne dote jamais d'une
tête les épaules du pal ;

« Voici : je vais t'attacher un boulet
à chaque jambe, et ainsi tu iras moins
vite et il sera moins fatigant de te regarder ;

« Et toi, dirige bien ta volonté en un
seul sens, la direction du sommet de
cette montagne ;

« Après qu'on t'aura rasé la tête et habillé en forçat; car je ne veux point anéantir l'intelligence; et pour ce, désire ne point connaître que tu en aies une.

« Et afin qu'on sache ma puissance, je permettrai que le peuple te vienne voir deux fois par jour, j'entends ceux qui ont du sens, c'est-à-dire les hommes gras et rassis, les bonnes et les petits enfants.

« Et ces derniers te trouveront très beau, et toi tu seras très fier, et ils désireront tous d'être semblables à toi, au moins jusqu'à l'âge de raison.

« Et moi je te donnerai tous les jours, au récité de ton *Pater*, une obole et quelque morceau de pain chaumeni,

« Et je te donnerai aussi le repos, quand tu auras fini de monter ta sphère

« Comme un escarbot roule une merde.

« Et pour que tu aies plaisir à ce tra-

vail, il t'est permis et même enjoint,
pendant ce repos octroyé,

« De polir ton diamant avec les scru-
pules d'une brosse douce (c'est un vieux
bouchon de carafe, il lui faut des soins
assidus) et avec tout ce qu'il te paraîtra
bon d'acquérir à son usage, dépensant
sans contrôle de tes argents ce que tu
voudras ;

« Et ce faisant tu fuiras l'oisiveté et le
sommeil et te diras que tu es un mar-
tyr, ou plutôt je préfère que tu parfasses
ta tâche sans du tout penser ni dire,
mais avec d'autant plus de soin

« Comme moi, j'ai construit cette
montagne. »

Et Monsieur Sisyphe, qui était un
homme très sage, observa toutes ces
obédiences au pied de la lettre.

Au bout d'un lustre descendit l'Éter-

nel des armées comme une araignée fé-
roce, se demandant à quoi pouvait servir le travail de Monsieur Sisyphe pendant ces cinq ans écoulés. Le Destin son
père lui avait dit que cette sphère de diamant était le symbole de la foudre (en
boule) que l'on ferait rouler, quand ils
voudraient réattaquer le ciel, sur la tête
des Géants. Mais l'Éternel savait très bien
qu'à la rénovation de ce cataclysme,
Monsieur Sisyphe laisserait tomber son
bouchon de carafe et passerait temps à
voir égorgeter les anges accrochés aux
degrés comme des larbins à une voiture. D'ailleurs, comment décerveler
un géant avec un bouchon de carafe? —
Que n'y avait-il pensé plus tôt? L'Éternel des armées allait établir le long de
sa montagne de porphyre, du corps
d'une guêpe énorme desséchée, après
avoir vidé la peau dure, un wagon de
montagnes russes, utilisant la force

inemployée (utilement) et complaisante
de Monsieur Sisyphe, et ainsi récupérer
quelques argents.

Et il se précipita, solennel pourtant
toujours ; et les anges-larbins sonnèrent
des trompettes, et ceux qui étaient le
plus haut perchés sonnèrent des trompettes avec plus de respect, donc plus
fort, et ainsi, la perspective du son
observée, l'Éternel n'entendit qu'une
égale intensité des trompettes, comme
si un seul étage de larbins avait sonné
des trompettes.

Et les Danaïdes, pendant immémorial
de l'autre côté de la cheminée à Monsieur Sisyphe, voulurent battre du tambour sur leur fût traditionnel ; mais il y
avait trop longtemps qu'il était percé
(cette explication est d'ailleurs absurde,
se dirent-elles ; car une trompette
sonne parce qu'elle est forée de bout en
bout ; et si notre tambour n'était dé-

19

foncé il serait, par conséquent, plus impossible encore d'en tirer un son. Et l'Éternel des armées n'aura rien à boire).

Quand l'Éternel des armées se fut avancé pour marcher vers la montagne de porphyre, il était malade. Car la sphère de diamant, qui était devenue un vrai diamant, brillait au soleil cervicalement sur la montagne, et Monsieur Sisyphe se reposait pour une valeur considérable sur la montagne inaccessible. Et l'Éternel ouvrit la bouche et Monsieur Sisyphe aussi, et l'Éternel écouta, et Monsieur Sisyphe parla ainsi :

« Cher Maître,

« Vous avez créé toutes choses, Darwin et cette loi que la fonction fait l'organe ou le développe s'il existe

déjà, les exercices physiques, l'entraînement et Choppy Warburton.

« Vous m'avez remis entre les mains
une sphère de diamant si lourde qu'au
bout de quelques secondes mes mains
lassées devaient la laisser échapper; et
sa masse croissant dans sa chute selon
une fort belle loi je devais courir après
et recommencer de plus loin mon travail. Ce est très beau.

« Mais portée entre mes mains le
poids de cette sphère restait invariable,
et m'adonnant — pour Vous servir —
à cet hygiénique sport, la force de mes
muscles croissait par l'entraînement et
la boule n'était pas plus lourde. Comme
le carré de la vitesse pour ainsi dire
aussi, devait croître mon aptitude à
transférer la boule dans la coupelle où
Vous m'aviez ordonné.

« Il serait somptueux d'ajouter que
même, approchant de la cime, m'éloi-

gnant de la terre, le poids de la boule
était appréciablement diminué, car
Votre montagne est très haute.

« Ma tâche finie, une attraction déserte Votre enfer, et Vous n'êtes plus
l'Éternel des Armées ; mais Vous savez
qu'il n'a été créé que par un contre-
sens sur *Sabaoth* ; et ça vaudra tout
autant, » dit en s'en allant Monsieur Sisyphe.

Et la montagne existe encore : on la
montre aux touristes, qui s'appelle
le Peter-Botte, dans l'Ile-de-France, et
il y en a une réduction au bout du Pont-
des-Arts, avec des lions de pierre
autour. L'Éternel, si Monsieur Sisyphe
n'avait « placé » enfin sa boule, aurait
créé le mouvement perpétuel, c'est une
chose très considérable ; depuis il
cherche d'autres inventions pour fa-
briquer une machine avec l'homme,

qui dure longtemps, ou un siècle au
moins; il fait beaucoup d'essais et n'a
rien trouvé encore de présentable.
C'est pourquoi il recommence tout le
temps — seul vrai Sisyphe.

Comme la pudeur ferme sur son front
les paupières plus larges de ses mains,
Sengle ramena sur le miroir les ailes
de bois du triptyque.

III

L'ÉMAIL DES POUPÉES

Deux ans et demi après, Sengle entra
avec Nosocome dans l'hôpital des petits
enfants. Il vêtit, comme son camarade,
une longue veste d'interne en toile
blanche, semblable à un bourgeron
militaire; et ils passèrent d'abord dans
la salle de Nosocome, agacés par des
infirmières à des détours d'escaliers.
Dans tous les lits, des petites filles regardaient devant elles, comme est le
principal exercice des malades ; et dans
un lit central, une grande poupée,

plutôt plus grande que les petites filles, était la seule qui suivît d'un regard intelligent les visiteurs, du moins comme un portrait.

Dans une salle de petits garçons, Sengle prit un bistouri et Nosocome demanda à l'infirmière s'il y avait un malade qui *desquamât* bien. Elle fit basculer le côté droit du lit d'un petit de quatre ans, abaissa les couvertures et releva la chemise. Comme Sengle lui posait le bistouri sur le ventre :

« Vous allez me faire mal, Monsieur, » dit le petit, suivant des images ailleurs, au-dedans de sa tête transparente.

Nosocome dit quelques bonnes banales paroles, et Sengle, avec des gestes de barbier, commença de raser les petites écailles paille, du côté droit du ventre, vers l'aine, et les recueillait dans une enveloppe de lettre.

L'infirmière ouvrit l'autre balustrade de fer du lit machiné, et on recueillit aussi les écailles sénestres.

« Ce n'est pas la peine, vous savez, Madame, dit Nosocome, de dire au Chef que Monsieur le docteur étranger a recueilli des squames ; c'est pour des recherches qu'il ne faut pas ébruiter sur le bacille de la scarlatine. »

Sengle de ses ongles poudrés de squames pinça la gorge de l'infirmière en un geste apparent de viol ; elle rit et ne sut pas. Puis, s'étant lavé les mains, ils partirent.

IV

LES PROPOS DES ASSASSINS

Pyast et Herreb s'assirent à la turque autour du cabinet de Nosocome; Sengle se coucha dans un coin, derrière la table. Sur le socle de Marsyas troussant son marbre au-dessus des sexes mutuellement violés de ses organes intérieurs, comme les successifs cornets d'un cheveu, la cassolette noire, puis rouge fuma selon l'encens, le benjoin, le styrax, puis la myrrhe; et les parfums construisirent un cylindre de tout le centre de la pièce, leurs ondes mourant à l'entrée de l'asile angulaire de Sengle.

Il y avait une fille avec un chien sur un divan.

« Voici Akem, » dit Nosocome, communiant le poète polonais Pyast, le philosophe allemand Herreb et Sengle des pilules de haschisch.

On attendit une heure, jusqu'à ce que Nosocome bondit, cria qu'il ne voulait chez lui ni putains, ni chiens, ni surtout chiens de putains, empoigna la bête et la fille jusqu'à la porte ; et les propos commencèrent.

NOSOCOME

« En mil huit cent... mil huit cent mille... vers... vil milliards de verres...

PYAST

Mille vibriards de verres de montre.

NOSOCOME

Un éléphant dans une montre! que tu es bête... quatre éléphants dans un verre de montre.

PYAST

« Un sot trouve toujours un puceau... »

NOSOCOME

La puce demeure au coin du boulevard Saint-Michel.

PYAST

C'est le boulevard Haussmann qui veut l'emporter, comme échantillon.

NOSOCOME

Il prend ça pour des verres de bouteille. Il y a un vers libre par échantillon.

PYAST

Il n'a pas besoin de bouteille, puisqu'il se purge avec des verres libres.

NOSOCOME

C'est idiot, ça ne s'est jamais vu.

PYAST

Cet idiot de Jeannot.

NOSOCOME

Ce n'est pas de la flanelle, l'eau de Hunyadi-Janos.

PYAST

La flanelle, c'est comme les cors aux pieds, ça ne se porte plus.

NOSOCOME

A partir de demain, tu portes de la flanelle.

PYAST

A partir de demain ? Nous ne sorti-
rons jamais d'aujourd'hui.

NOSOCOME

Tiens-tu le rapport de cause à effet ?
Tu mets ta tête dans tes mains.

PYAST

Expliquons-nous dans le Paris des
mots.

NOSOCOME

La base est la flamme. Et tu es au
milieu de l'ombre ou de la lumière.

PYAST

Je suis au milieu de quoi ? Dans deux
ou trois cents ans peut-être.

NOSOCOME

Ton pareil est naturel.

20

PYAST

Il faut que je le retrouve.

HERREB

Si nous le faisions afficher ?

NOSOCOME

Tu parlais de flamme, je crois ? Tu étais dans l'eau.

HERREB

Tu pénètres deux choses à la fois ?

PYAST

Au milieu, avec deux cerceaux de papier... je crois... Au milieu, avec...

NOSOCOME

Suc-ces-si-ve-ment.

HERREB

Il l'a retrouvé.

PYAST

Je l'ai laissé tomber. Il était assis dans le sens des champs, il tournait donc le dos à la route.

NOSOCOME

Mais si tu étais au milieu, tu ne pouvais pas le prévoir.

PYAST

Il y a des schémas qui ne peuvent pas être sinueux.

NOSOCOME

Voilà quinze ans que tu m'expliques quelque chose.

PYAST

Voilà quinze ans ?...

NOSOCOME

Tu veux me prouver quelque chose ?

PYAST

Calchas néant.

NOSOCOME

Ah ça, dans tes contrebanderies, si tu pouvais tailler tes mots ?

PYAST

La morale de la Pologne...

HERREB

La marelle de la Pologne...

NOSOCOME

Pour peu que tu aies crié vive la Pologne...

PYAST

Tu es un pied russe, un pied et demi.

NOSOCOME

Retire cela.

PYAST

Je le retire à demi et il te restera trois quarts de pied. Ha ha ! je lui ai enlevé trois quarts de pied. Tu es un pied, et un cor au pied, donc tu es un madrépore, madrécoraux, madré cor au pied ! Conclus, tu ne comprends pas, tu es un cor au pied.

HERREB

Il a cinq cadavres au bout de chaque pied !

PYAST

Tu es un délateur cérébral. Tu as l'obélisque dans un petit doigt et un cor au pied. L'ébonite dans un petit doigt...

HERREB

Quoi ?

PYAST

L'a-qua bénite. Ce n'est pas un pois-

20.

son le Saint-Esprit, alors il nage dans
l'eau bénite. Le Saint-Esprit est un cy-
prin doré. L'élégance est un progrès.
D'arrière en avant.

HERREB

L'élégance est pédéraste ?

NOSOCOME

C'est sens devant derrière.

PYAST

Qu'est-ce que c'est que son suffrage
universel ? Le suffrage universel est
celui où on met un sou par jour pour
avoir un journal du jour. Il y a le *Temps*
et le journal le *Jour*. Ça fait deux journaux du jour.

HERREB

Et combien de temps ?

NOSOCOME

Comment peut-il s'apercevoir d'une

chose beaucoup plus grande ? Il se déplayait.

PYAST

Si tu avais une poutre dans ton œil...

NOSOCOME

On sait que ça dépend de la dimen-
sion de la poutre.

PYAST

Ça te paraît-il évident ? Tu ne crois
pas à l'évidence d'une poutre dans
l'œil ? On ne peut pas changer la lettre
imprimée.

NOSOCOME

Il se déplayait. »

Les propos se répliquaient avec une
vitesse exagérée, coupés de silences
inévaluables, les haschischins n'ayant
pas de notion du temps, sans doute à

cause du nombre des images, et payant
sans pose, riches d'années à milliards,
par trois cents ans les minutes et les
secondes. Ils n'ont pas plus la notion de
distance, l'*accommodation* ne se faisant
plus qu'avec un tremblement de cinématographe, et il leur faut un périple
pour débarquer leur main au bras de
leur fauteuil. Il y eut un silence après
la conclusion de Nosocome, laquelle
était d'un mot forgé ou aboli, notoire-
ment incompréhensible d'ailleurs. Les
quatre étaient encore presque lucides,
Sengle dans son coin plus à l'abri des
parfums écoutait et notait, et on essaya
d'artifices pour s'halluciner davantage.

La flamme d'alcool, sous la cassolette,
fut éteinte, le feu couvert, et Nosocome
dans l'obscurité commença sur place,
le plancher branlant, une course ryth-
mique.

On entendit exactement le bruit d'un

train, heurt de pistons, souffle de sif-
flets (imitation connue dans tous les
music-halls) et ces mots s'échangèrent :

« Augustine ! Augustine !... Où vas-
tu ? où vas-tu ?

— A Paris, à Paris. »

Un disque rouge parut, le cigare de
Nosocome.

« L'odeur de la fumée ne vous gène
pas, Madame ?

— Horreur ! les deux trains vont se
rencontrer !

— Paris, tout le monde discend, »
dit le minstrel nègre saluant en ôtant
son cigare.

Sengle ne se souvient plus, malgré
la suggestion, du premier wagon militaire, vers Halluin et Menin. Son train
monte vers des pays lunaires.

Autre volontaire hallucination : dans
la pièce à côté :

« Écoutez la messe des morts.

NOSOCOME

Les pieds devant. Entrez.

PYAST·

Ses pieds sont arrivés avant lui.

NOSOCOME

Il y a de la chair qui ne sent pas frais. »

On rallume, mais le pays du haschisch est dans la chambre maintenant, *rapporté* par le train lunaire. L'air est de glycérine pure, et comme on cerne les continents sur les cartes géographiques, Sengle et les trois ont tout le corps nimbé d'un fluide, épais de douze centimètres, d'abord loïefuller, puis violet obscur. Sengle s'en aperçoit à ce que l'approche des gestes heurte douloureusement sa sensibilité qui s'extériorise.

Herreb, qui s'avançait seul par la
porte pour figurer le convoi des morts,
a la face toute brouillée par l'épaisseur
de la couche obscure. Il s'appuie sur un
bâton, puis le lève horizontal, les mains
aux deux bouts.

HERREB

« Pendez-vous.

NOSOCOME

Le commandant de gendarmerie.

PYAST

Dans la fosse. Fausse situation.

NOSOCOME

Vous faites de la barre fixe ?

PYAST

Il rectifie le cor aux pieds. Le cor
aux pieds est un clou qui marche.

NOSOCOME

Il fait de la paralysie générale.

PYAST

La fée de la paralysie générale ? »
Herreb, brandissant sa poutre, qui
est immense, vêtu de son halo sidéral,
marche vers Sengle. Sengle à la dou-
leur du contact contre son halo propre,
lève les deux bras, les ramène vers sa
tête et projette ses doigts écartés dans
la direction des yeux de Herreb.

HERREB

« Oh ! les clous ! les clous verts ! ils
me pénètrent...

PYAST

Vous avez un clou dans la plante du
pied. C'est aussi la planche du salut.
Avec ton bâton tu es l'homme des bois.
Si tu es l'homme des bois tu es l'homme

des planches, un homme brouhaha des
bois, adaboua.

NOSOCOME

Un kiosque où il aboiboie.

PYAST, gesticulant.

L'homme à l'arbre, venez faire des
arbres avec moi, dans la salle d'arbres.

NOSOCOME

Quatre hommes des bois et un caporal des bois.

PYAST

Ha ha ! un caporal des bois ! C'est
tout au plus un gnome des jardins.

NOSOCOME

ArcaNA ambo.

HERREB

Oh là, Monsieur, » dit-il en heurtant

21

son atmosphère violette, comme un monde dévoyé.

Sengle n'écoutait plus les propos affolés, son regard se fixait comme celui de l'homme à l'arbre, lequel, tenant son bâton par le milieu, le laissait lentement tourner, presque vertical, génératrice de deux cônes superposés opposés par le sommet, du fluide hors-naturel des halos des corps. Un Xipéhuz naissait debout et lumineux, et l'homme des bois parla génialement dans l'air visqueux, avec trois cents ans entre chacune de ses paroles, et Sengle écoutait dans l'éternité.

L'HOMME DES BOIS

« J'ai vu un brouillard d'enfer... Oh ! je suffoque, oh ! que c'est joli... oh ! comme ça se tient ! O le centre. Et là, c'est une molécule. Le centre, c'est mer-

veilleux. Le centre, oh ! il est beau. Oh
là ! le centre. O le centre de Dieu. Et
sa périphérie. Une périphérie n'a qu'un
centre. Il y a des jardins. O la fatigue
du mouvement. Je sens une périphéres-
thésie... Oh là. »

Neuf cents ans, puis il marcha vers les
autres et, dieu condescendant, simple
dit :

« Je suis l'homme des bois. »

Neuf cents ans.

« Oh ! voilà que ça tombe. »

Neuf cents ans de la chute lente du
bâton dans l'éther consistant.

« J'ai de la glace autour de ma canne.
Oh ! elle tourne. Tu tournes autour de
mes idées. Mais mes idées ne sont pas

rondes. Pentagonales. Le pentagone est
fait de droites. Une idée, ça n'est pas un
chemin, elle n'est pas sinueuse. Ça
c'est un raccord, un ressemelage... »

Sengle méditait qu'il avait dit PÉRI-
PHÉRIE et non *surface,* que le Xipéhuz
était donc vivant. Le fluide de l'homme
heurta Sengle et très douloureusement
l'homme geignit encore :

« Oh là, Monsieur. »

Et il redisparut pour quelques années dans la buée opaque.

Nosocome et Pyast disputaient.

PYAST

« Un escargot y voit avec ses pattes.
Dans le jour, il était déguisé en limace,
il était colimaçon. C'est le milieu, je
tiens toujours le milieu.

NOSOCOME

L'homme des bois nous coupe.

PYAST

Mais il ne me traverse pas droit, c'est une subtilité.

NOSOCOME

Il y a trois jours que nous sommes là.

L'HOMME DES BOIS

O mon bâton.

PYAST

Ton bâtombe. »

Il s'approcha encore, et Sengle dut comme précédemment se protéger par des passes magnétiques.

L'HOMME DES BOIS

« Oh ! je suis perdu, ces clous.... Les clous, la glace. Enfin, voyons, les clous verts. »

Il marcha encore à Sengle, et dit avec un mépris souverain :

21.

« Vous m'observez, Monsieur ?...
Oh! il m'a foutu un coup de pied avec
son ombre. »

Sengle lucide voulut lui faire respirer
de l'éther.

L'HOMME DES BOIS

« Les vapeurs sont changées. »

Trois cents ans, et de la voix d'un
dernier soupir :

« Ah! tu m'as démoli l'odeur. »

Toute la nuit, néanmoins, il alla et
vint par deux portes. Sengle posa un
parapluie ouvert par terre et lui dit que
c'était une barrière verte ; et se croyant
enfermé pour des myriades d'années il
chemina de plus en plus vieux, rata-
tiné sur son bâton. On verrouilla les
portes, et il frappait :

« Monsieur, ouvrez, il est mort. Mi-
sérable, qu'as-tu fait de cet intestin?

PYAST

Ses intestins grêlent, qu'ils brûlent.

HERREB

Vous avez dévidé les intestins du mort du convoi et les avez mis sur une bobine. Pourquoi dévides-tu des bobines? Il dévide des bobines en Bobino.

NOSOCOME

Il a des instintestincts grêles.

PYAST

J'ai connu un mobile qui s'appelait Pompoteau. Pompoteau, mobile; auto, mobile.

HERREB, frappant à la porte.

Présent, c'est un superficiel.

PYAST

Il ne pouvait pas dire son nom?

NOSOCOME

On ne doit pas manifester dans la
rue.

HERREB

Ouvrez, Monsieur, voici le mort.

PYAST

Pourquoi frappes-tu trois coups ?
Quatre et deux font six, et la moitié de
six est trois.

NOSOCOME

Métaphore.

PYAST

Félix ! Félix !

NOSOCOME

Quoi ?

PYAST

Mon cher ami, il y a trois quoi, il y
a trois quoi, il y a trois...? C'est le par-

ler français d'un canard qui... Canal, ce
qui passe devant toi. Tu te déversais.

NOSOCOME

Je ne me déversais pas.

PYAST

C'est un parallèle avec le canal. Tu
es parallèle au canal. C'est un miséra-
ble, il pénètre ta bêtise.

NOSOCOME

Il traverse ma bêtise sur la bicyclette
de ta c...nerie.

PYAST

ERgo nominor leo.

NOSOCOME

Va donc, Jules Simon. La condition
pour que deux parallèles soient parallèles, c'est qu'elles soient de sens contraire.

PYAST

Mais parle pour la résultante.

NOSOCOME

Il est ta parallèlirésultante.

PYAST

Rasoir! il n'en sortira pas. Vous voulez une salade de lorgnons?

L'HOMME, derrière la porte.

O des clous, ce n'est pas du verre, arrachez les clous, ô les petits clous, clouclowns, Footit...

NOSOCOME

Un enfer doit être une sorte de repos, parce qu'on ne saurait qu'y faire.

PYAST

Tu le vois chic. Caricature!

NOSOCOME

L'enfer n'est pas em...dant.

PYAST

Parce que c'est la seule chose possible.

NOSOCOME

Il voulait donc savoir ce quelque chose, l'homme des bois?

PYAST

Et pourquoi est-il entré pour vouloir le savoir?

NOSOCOME

Il veut savoir quelque chose? L'enfer est de l'espace à dix dimensions.

PYAST

Passe tes dimensions, il y en a au moins neuf honorables.

NOSOCOME

Il y a les trois, plus le creux...

PYAST

Le pneu...

NOSOCOME

Le temps...

PYAST

Et réciproquement. Le présent a les dimensions de l'espace.

NOSOCOME

La logique, c'est le marteau du raisonnement.

PYAST

La logique qui tue. Tiens, avaleur de mots : Rhizomorhododendron.

NOSOCOME

Je m'expose enrhizé sur les places publiques.

PYAST

Il... rien.

L'HOMME DES BOIS, entrant.

Le café passe parce qu'il a des subti-
lités. »

D'autres haschischins qui n'avaient
point parlé sont étendus par terre,
dans la vomissure; les parfums empilés
sans ordre sur la cassolette deviennent
infects.

« Vous faites des œufs sur le plat ? »
demande Pyast à Nosocome.

Sengle le plus lucide parce que l'état
de haschisch est le plus semblable à
son état normal, puisque c'est un état
supérieur, par une réciproque simple
est devenu presque un homme normal,
et a pris des notes. Il veut ouvrir la fenêtre pour évaporer dans l'air la bulle
irisée dont l'étouffe Akem. Les autres,
parmi leur marche des Juifs-Errants
et leurs cris d'énergumènes, clament :

« Empêchez-le de se jeter. »

L'homme des bois, sa crise décrois-
sant, redevient l'Allemand philosophe
Herreb. Il déploie d'un coin qu'il ornait
un drapeau français, plissé derrière sa
tête, et crie :

« Vive Félix Faure! Vive la Répu-
blique! »

Nosocome reprend le drapeau, en
roule deux tiers, se ceint du troisième
et s'écrie :

« Voici les Anglais !

— Si on brûlait le drapeau ? dit Sengle.

— Le drapeau est éternel parce que
c'est la patrie, dit Pyast.

— Ça évite la peine de le brûler, »
pensa Sengle.

On découvre et allume une lanterne
en papier rayé tricolore.

« La lanterne, dit Pyast, est un trou
lumineux avec un drapeau autour. »

On l'accroche au bout de la hampe

du drapeau, second bâton de l'homme
des bois, et Herreb reprend sa marche
précipitée. Sengle recouché dans son
coin fixe, comme Herreb fixait le Centre, une lune, la projection sur le plafond blanc de la clarté délimitée par
la couronne circulaire de la lanterne,
plus grande et blanche que la vraie
lune, avec au milieu un être noir,
l'ornement de cuivre du bout de la
hampe, qui est l'homme avec son fagot
ou un monument lunaire avec deux
corniches, chargées d'êtres innombra-
bles et dévorateurs.

La lune dispensatrice de mort est
dans la chambre, évoquée par Akem,
et Sengle la gardera, repliée comme un
claque, dans un étui rond. Akem est
devenu très vieux et rabougri jusque
sous terre, la fenêtre est ouverte sur le
trottoir désert du matin, Nosocome
est assis immobile sur un angle de lit,

Sengle endormi sur le plancher ; et sous
les yeux des premiers passants (le cabinet de Nosocome est au rez-de-chaus-
sée) Herreb, qui s'est écroulé avec sa
lanterne qui a pris feu, le cuivre de la
hampe en pointe de casque, ronfle
joyeusement, son corps germain drapé
dans l'étamine républicaine de France.

LETTRE DE SENGLE A VALENS

« Mon frère chéri, voici les écailles
du dragon liberté qu'il te faut revêtir.
Il suffit qu'elles se greffent en un endroit,
et tu n'as pas besoin de prendre garde
aux feuilles de tilleul. Voici, je crois,
le meilleur moyen de faire cette greffe
sûre et invisible.

« Nous nous sommes lavé les mains,
dans des excursions cycliques, du cam-
bouis des machines avec du savon noir
et des bouchons de copeaux étroits. Il faut
te frictionner avec un de ces bouchons

22.

de copeaux les bras à l'endroit où l'on vaccine, ou mieux, car c'est le tissu le plus semblable aux cellules de ces écailles, le ventre des deux côtés à l'endroit où nous sommes encore imberbes. Il n'y aura pas d'écorchure et cependant le sang viendra et remportera la scarlatine vers ton cœur. Ça vaut mieux que d'avoir par-dessus les habits militaires ou dedans les douze balles que tu risques. Mon affection te souhaite que tu sois bien malade.

« SENGLE

VI

J'AI AUSSI D'AUTRES BREBIS

(Suite de la lettre de Sengle)

« *P.-S.* — Suivra une autre enveloppe qui contiendra de minuscules
champignons jaunes et quelques autres
fragments agréables. Tu peux t'amuser
à en frotter le pourtour intérieur des
képis de ton caporal et de tes voisins
d'escouade ; ils seront vite peladeux et
teigneux. Tu peux aussi sans danger
garder quelques favus aux ongles, à
condition de les essuyer amicalement à
la brosse construite pour cet usage des

têtes des soldats militaires. Il y aura encore, dans un appareil de transport spécial, une seringue Pravaz, chargée de cultures diphtériques, que je ne te recommande que si ton gant de crin scarlatin n'a pas donné un assez efficace massage ; cette dernière opération serait, après quelques mois de liberté réformée, mortelle, et tu feras mieux d'inculquer ce minime clystère à l'eau de la cruche de la chambre. Nosocome est curieux de savoir si l'eau saurait avantageusement transmettre... Pour la seconde fois, affectueusement à ta bonne santé.

« S. »

Nosocome expliqua à Sengle :

« Le seul moyen de transport postal de nos bacilles et cultures est la chaufferette japonaise.

« Car la culture ne se conserve

vivante qu'à une température qu'il faut
calculer d'abord.

« La chaufferette japonaise, qu'on
trouve dans tous les bazars japonais, est
une boîte en fer-blanc grande comme
la main, percée de cinq trous ou tubes.
On la vend avec cinq cartouches de
papier pelure spécial, roulé serré, qui
brûlent sans fumée huit heures. .

« On ne voit rien et il y a une température très égale de quarante-cinq
degrés dans la boîte.

« On attache les tubes de culture
dans la chaufferette afin qu'ils ne tré-
pident pas, et l'on abaisse la température autant que l'on veut au-dessous de
ces quarante-cinq degrés, en agrandis-
sant les cinq trous.

« Il convient de fixer, comme les
cultures dans la chaufferette, celle-ci
dans une boîte en bois, invisiblement
forée, réservoir d'air et isolateur contre

le froid rapide, si notre client est
incorporé à plus de huit heures de
Paris. »

VII

CARTES OPAQUES

Pour avoir voulu généraliser ces alchimies, au mois de mars était mort leur factotum Dricarpe.

Les Champs-Élysées, du brouillard, quelques cyclistes. Des camelots offrent aux chapeaux des enluminures triangulaires. Avec ses espadrilles, Dricarpe marche, les yeux fermés et blonds sous le soleil dépoli, comme un patineur par un étang gris, ou les marlous nocturnes. Les cartons qu'il vend brochent de petits livrets, qu'il offre, d'un regard d'anoblepas et d'un geste de cartes transparentes. Il bonimente derrière un urinoir :

« Demandez la réforme, Monsieur, le moyen de l'obtenir. Je la vends deux sous. Une petite brochure, compilée par le Dr Nosocome, d'après les conférences de Monsieur Scheffel, professeur au Gnadenthal. Tous les trucs y sont indiqués, depuis la feinte belistresse d'une chute du rectum par un bout d'intestin d'animal, laquelle est citée par Ambroise Paré... Voulez-vous (il secoua un trousseau de minuscules ferblanteries bizarres) la *guimbarde ?* Avec cette musique derrière les dents, où elle est invisible, car elle s'agrafe à une seule des mâchoires et on ne la découvre pas, même la bouche ouverte, à chaque inspiration l'auscultant entend, où qu'il pose l'oreille, des râles sous-crépitants, tuberculose au troisième degré. Voulez-vous...

« Mais plutôt, voici les formules (et
il les sortit de sa braguette sordide, où
elles étaient dissimulées dans les six
trous du barillet d'un revolver d'or à
la crosse grêlée de diamants), dans ces
minuscules volumes couleur du temps,
de découvertes surhumaines que nous
vous garantissons qu'aucun des ânes
nés dans les Facultés, sous la boue d'une
science tâtonnante, n'entreverra avant
cinq cents ans. La première recroque-
ville pour un jour le corps d'un tiers de
sa hauteur ; la seconde, au moyen d'une
simple injection qu'elle indique, para-
lyse pour le temps qu'on veut jusqu'à
la rigidité cadavérique et un commen-
cement de putréfaction. La troisième,
pressentie par Swédiaur, a déjà servi
une fois... Mille francs chaque recette de
liberté. La formule est garantie à un
seul exemplaire, et après soixante-dix
secondes, le temps de la lire, les lettres

23

phosphoriques, au contact de l'air, et le papier, déflagrent et fusent spontané- ment... »

Un agent, ayant vu Dricarpe entraîner dans l'urinoir un jeune homme, accou- rait.

« La sixième... »

La cervelle de Dricarpe éclaboussa lubriquement les deux parois internes de l'angle dièdre d'ardoise tapissé d'ins- criptions obscènes. Le jeune homme, qui était un poète, prit à la main le revolver d'or. Il fut acquitté plus tard de sa légitime défense.

VIII

SUR LA ROUTE DE DULCINÉE

La lampe brûla sur la table rouge et
respira son cri de grillon. Les murs
étaient tendus de vert jaune, et ce fut
aussi bien le chant des élytres des
insectes de la mousse, que le déchire-
ment intime du tronc du soufre au
cœur cristallin.

Du noir cuivré posa ses mouches sur
le masque blanc regardant par le mur,
et sous le moulage Valens se mit à
apparaître et vivre. Il souleva un peu
vers les coins extérieurs ses sourcils,

garda les yeux baissés et pleura un peu d'âme, comme l'ombre d'une fumée, de ses cils par ses lèvres et son menton nus, vers Sengle. Et sa bouche pensa.

La bouche seule, comme une feuille d'arbre, est différente selon tous les visages, et c'en est la seule partie qu'on puisse dessiner sans savoir dessiner, car on signifiera toujours par des traits courbés au hasard des lèvres et des mouvements de lèvres qui existent. Et même quand les voix sont pareilles, deux qui causent ont des bouches différentes. Parce qu'il y a des instants où ils ne causent pas et où les bouches restent elles-mêmes. C'étaient des lèvres militairement domestiquées pour la convention du langage qu'épiaient les petites sourdes-muettes d'Auray, avant de leur répondre par la géométrie d'une uniforme gymnastique.

Valens se taisait et c'était bien la voix
du Silence de Valens libre.

Et l'on prouve physiquement que des
lèvres moulées en plâtre sont plus élo-
quentes que les lèvres rouges : celles-ci
boivent la lumière et sont réellement
noires ; la bouche du masque renvoyait
vers Sengle le baiser de tous les soleils
aspirés ensemble et de toutes les lampes
épuisées sur la table des lectures.

Et Sengle crut qu'à cette heure-là
(sans se demander si l'inoculation morbide rêvée était possible et si les boîtes
de fer où brûlait le papier japonais
suffisaient à conserver la vie aux petites
imitations de la perdre) son frère s'éveil-
lait à la liberté et s'évadait, comme
lui-même deux ans et demi auparavant, sur les montures de fumée grise.

Et pour revivre ce passé il se haussa
vers le masque ; et la tête ne fut plus

la visite d'un corps qui n'entre pas
par une chatière du mur, mais Sengle
eut sur *leur* table et sous *leur* lampe la
cervelle et l'âme de son frère.

La figure blanche était tout à fait
celle d'une chambre d'hôpital, bossuée
de lits candides, les narines semblaient
le soulèvement de genoux joints, et le
front était tiré sur l'âme comme une
couverture blanche.

Valens renvoyait toujours vers les
yeux de Sengle le baiser de la lampe ;
le crissement d'élytres vivait toujours,
et ce fut la réviviscence de la dernière
promenade des deux frères, les atomes
bruissants, comme les petits grillons
jaunes qui habitent les galeries polyédriques du soufre ; et cela était encore
tout à fait pareil à la musique céleste
des sphères.

La tête était toute seule et toute nue,

et c'était l'intelligence de Valens que Sengle recouvrait et soulevait entre ses mains, hors du rouge et bleu de la chrysalide disciplinaire.

La tête était même trop seule et trop nue; l'âme de Valens (Sengle ne reconnaissait toujours la vie ou l'âme qu'à des mouvements analogues aux battements d'un cœur) fuyait simplement, sortant des lèvres, comme un vase coule. Quand Valens était présent, tout entier dans la chambre, son âme était un grand papillon brun-bleu, les ailes plus élevées vers les coins extérieurs, qui palpitait du vol couplé de ses sourcils et de ses cils, découvrant et recouvrant la miraculeuse ocellure de ses yeux qui étaient deux mares noires.

Sengle était amoureux des mares et des bêtes qui volent sur les mares; on ne sait jamais, pensait-il *sur la route* de Sainte-Anne, si l'on retrouvera des mares ou les mêmes mares.

Une boucle était restée sertie dans le
plâtre d'un côté du front ; sous la ca-
resse de Sengle, le papillon merveilleux
déroula vers lui sa spiritrompe qui
était une plume sombre frisée, comme
les vieux arbres de la première désertion rêvée ; et, vivant, il la recroque-
villa comme on plie l'index pour faire
signe qu'on vienne.

L'ethnographie chinoise d'un peuple
étranger à la Chine... il ne faut pas
qu'un certain vent souffle...

Les élytres de la lampe stridulaient
plus vite, et le bruit devint plus continu,
comme un dernier trille.

Sengle se pencha vers son frère, dé-
sormais deviné, à travers la distance,
libre, pour lui rendre toute l'affection
du bon baiser de lumière sonore.

La bouche de plâtre devint de chair
et rouge pour boire la libation de l'âme

de Sengle. La lampe était devenue rouge, puis noire, le fer s'éteignait dans l'œil et l'air balançait une vapeur de larmes.

Et après le rouge momentané, les lèvres furent vertes et adhérèrent toutes froides aux lèvres faites noires de Sengle. C'étaient trop de complémentaires.

La table bascula et Sengle fut par terre à la suite du tas de neige effrité, souvenir cette fois de la caféine bruissante sur la langue, dans le lit de l'hôpital mixte. Il enfouit sa face parmi les petites écailles, dont plusieurs collèrent.

« Pourquoi la bouche est-elle devenue rouge pour boire mon âme, qui s'est enfuie par l'occiput à l'entrée de ma face dans la chair du masque ? »

Et Sengle tâtonnait dans la nuit vers son Soi disparu comme le cœur d'une bombe, la bouche sur son meurtre.

IX

SELON MONSIEUR PRUD'HOMME

Nous avons demandé à Monsieur Prud'homme la fin de l'histoire de Sengle, ses Mémoires lucides s'arrêtant là.

Réponse : « La vieillesse est le leit-motiv de l'enfance, les contraires sont identiques, etc. »

Monsieur Ribot a déjà physiologiquement expliqué la même chose, et nous savons que Sengle vivait (et mourrait, en vertu des belles phrases ci-dessus) de souvenir :

Le clocher est semblable à un peuplier.
A la cime perche la Sainte dorée...

Sainte Anne préside à un monument
et à une feuille blanche.

RÉPUBLIQUE FRANÇAISE
LIBERTÉ-ÉGALITÉ-FRATERNITÉ
Administration générale de l'Assistance publique à Paris

NOM
de
Établissement } **Service de M**

HOSPICE
de
Sainte-Anne

L nommé   âgé de   ans
profession   tempérament   constitution
Entré le   18   Salle   Lit n°

Date

HISTOIRE DE LA MALADIE

« Le nommé Sengle est né de parents
sains, mais a contracté à la suite
d'excès génésiques, des troubles car-

diaques qui l'ont dû faire réformer du
service militaire, à son grand regret, car
c'était un excellent soldat (pas une
punition). Il n'a jamais donné de signes
de troubles cérébraux. La manie fu-
rieuse dont il est aujourd'hui atteint
doit être attribuée à la chute d'un plâtre
fort lourd, qui s'est détaché du mur,
comme il travaillait à sa table, et a
déterminé un choc violent contre son
crâne, ainsi que l'a prouvé notre en-
quête... »

Sengle avait lu dans un livre chinois
l'ethnographie d'un peuple... Dévolerait
outre-mer.

FIN

TABLE

24

TABLE 277

24.

ACHEVÉ D'IMPRIMER

Le dix–huit mai mil huit cent quatre–vingt–dix–sept

PAR

L'IMPRIMERIE PROFESSIONNELLE

POUR LE

MERCVRE

DE

FRANCE

EDITIONS DV MERCVRE DE FRANCE

Extrait du Catalogue

Collection grand in-18, à 3 fr. 50

Pierre d'Alheim

Moussorgski . . . . 1 vol.

Henry Bataille

Ton Sang, précédé de *La Lépreuse* 1 vol.

Marcel Batilliat

Chair mystique, roman . . . . . 1 vol.

Léon Bloy

La Femme pauvre, roman . . . . 1 vol.

Edouard Ducoté

Aventures . . . . 1 vol.

Edouard Dujardin

Les Lauriers sont coupés, précédé
de *Hantises* et de *Trois Poèmes*
en prose. . . . . 1 vol.

Louis Dumur

Pauline ou la liberté de l'amour 1 vol.

Georges Eekhoud

Le Cycle Patibulaire . . . . . . 1 vol.

André Fontainas

Crépuscules . . . . 1 vol.

Paul Fort

Ballades Françaises, préface de
PIERRE LOUŸS . . . . 1 vol.

André Gide

Le Voyage d'Urien, suivi de *Paludes* 1 vol.
Les Nourritures terrestres . . . 1 vol.

Remy de Gourmont

Le Pèlerin du Silence, orné d'un
frontispice d'ARMAND SEGUIN. . 1 vol.
*Le Livre des Masques. Portraits
symbolistes.* Les Masques, au
nombre de trente, par F. VALLOT-
TON . . . . 1 vol.
Les Chevaux de Diomède, roman . 1 vol.

Gerhart Hauptmann

La Cloche engloutie, trad. de l'allemand par A.-FERDINAND HEROLD. 1 vol.

A.-Ferdinand Herold

Images tendres et merveilleuses 1 vol.

Alfred Jarry

*Les Jours et les Nuits, roman d'un
Déserteur* . . . . 1 vol.

Virgile Josz et Louis Dumur

Rembrandt . . . . 1 vol.

Gustave Kahn

Premiers Poèmes . . . . 1 vol.
Le Livre d'Images . . . . 1 vol.

A. Lacoin de Villemorin
et Dr Khalil-Khan

Le Jardin des Délices . . . . . 1 vol.

Pierre Louÿs

Aphrodite, roman . . . . 1 vol.

Emerich Madach

La Tragédie de l'Homme, traduit
du hongrois par CH. DE BIGAULT
DE CASANOVE . . . . 1 vol.

Maurice Maeterlinck

Le Trésor des Humbles . . . . . 1 vol.
Aglavaine et Sélysette . . . . . 1 vol.

Rachilde

Les hors nature, roman . . . . 1 vol.

Hugues Rebell

La Nichina, roman . . . . 1 vol.

Henri de Régnier

Poèmes, 1887-1892 . . . . 1 vol.
Les Jeux rustiques et divins . . 1 vol.

Jehan Rictus

Les Soliloques du Pauvre . . . . 1 vol.

Albert Samain

Au Jardin de l'Infante, augmenté
de plusieurs poèmes. . . . . . . 1 vol.

Marcel Schwob

Spicilège . . . . 1 vol.

Jean de Tinan

Penses-tu réussir ! roman . . . 1 vol.

Émile Verhaeren

Poèmes . . . . 1 vol.
Poèmes, nouvelle série . . . . 1 vol.

Francis Vielé-Griffin

Poèmes et Poésies . . . . 1 vol.
La Clarté de Vie . . . . 1 vol.

E. Vigié-Lecocq

La Poésie contemporaine, 1884-1896 1 vol.

Collection grand in-18, à 2 fr.

Gunnar Heiberg

Le Balcon, trad. et préface du Comte M. PROZOR . . . . 1 vol.

ÉDITIONS DV MERCVRE DE FRANCE

Extrait du Catalogue

Collection grand in-18, à 1 fr.

Jules Delassus
Les Incubes et les Succubes . . . . . 1 vol.

Comte M. Prozor
Le Peer Gynt d'Ibsen . . . . . . 1 vol.

Archag Tchobanian
L'Arménie, son Histoire, sa Littérature. Introduction d'ANATOLE FRANCE . . . . 1 vol.

Collection petit in-18, à 2 fr.

Léon Bloy
La Chevalière de la Mort . . . . . 1 vol.

Hugues-Rebell
Le Magasin d'Auréoles . . . . . 1 vol.

J.-H. Rosny
Les Xipéhuz . . . . 1 vol.

Formats et prix divers

Aghassi
Zeïtoun . . . . 3 fr. 50

G.-Albert Aurier
Œuvres Posthumes. Notice de REMY DE GOURMONT. Portrait de G. Albert Aurier (eau-forte) par A. M. LAUZET . . . . 12 fr. »

Henry Bataille
La Chambre blanche, poésies, Préface de MARCEL SCHWOB . . . 2 fr. »

Aloysius Bertrand
Gaspard de la Nuit . . . . . 3 fr. 50

Léon Bloy
Ici, on assassine les Grands Hommes, avec portrait et autographe d'ERNEST HELLO . . . 1 fr. 50

Victor Charbonnel
Les Mystiques dans la Littérature présente (1re série) . . . 3 fr. 50

Paul Claudel
L'Agamemnon d'Eschyle (trad.) 2 fr. »

Gaston Danville
Contes d'Au-Delà, orné de 20 vignettes de L. CABANES . . . 6 fr. »

Eugène Demolder
Le Royaume authentique du Grand Saint Nicolas, couverture à l'aquarelle, frontispice et 30 croquis de FÉLICIEN ROPS, 5 dessins hors texte d'ETIENNE MORANNES . . . . 18 fr. »
La Légende d'Yperdamme, couverture et 9 dessins hors texte d'ETIENNE MORANNES, frontispice,

dessin et 3 vignettes de FÉLICIEN ROPS . . . . 15 fr. »

Lord Alfred Douglas
Poèmes, texte anglais et traduction française, avec le portrait de l'auteur en héliogravure . . 3 fr. 50

Louis Dumur
La Motte de Terre, 1 acte en prose. 2 fr. »
La Nébuleuse, 1 acte en prose . . 2 fr. »

André Fontainas
Nuits d'Epiphanies, poésies . . . 3 fr. »

Henri Ghéon
Chansons d'Aube . . . . . . 2 fr. »

André Gide
Les Cahiers d'André Walter . . . 6 fr. »
La Tentative amoureuse . . . . 2 fr. »
Le Voyage d'Urien, orné de lithographies en couleurs par MAURICE DENIS . . . . . . 12 fr. »
Paludes . . . . 5 fr. »
Réflexions sur quelques points de Littérature et de Morale . . . 2 fr. »

Remy de Gourmont
Le Latin mystique, 3me édition. Préface de J. K. HUYSMANS. Couverture ornée d'un dessin de FILIGER . . . . 10 fr. »
Le Fantôme, 2me édition, orné de 2 lithographies de HENRY DE GROUX . . . . 4 fr. »
Théodat . . . . 2 fr. 50
L'Idéalisme, avec un dessin de FILIGER . . . . 2 fr. »

EDITIONS DV MERCVRE DE FRANCE

Extrait du Catalogue

Fleurs de Jadis . . . . . . 2 fr. 50
Histoires Magiques, 2ᵐᵉ édition,
  avec une lithographie de HENRY
  DE GROUX. . . . . . . 3 fr. 50
Histoire tragique de la Princesse
  Phénissa. . . . . . . 2 fr. 50
Proses Moroses. . . . . . 3 fr. »
Le Château singulier, orné de 32
  vignettes en rouge et en bleu. 2 fr. 50
Phocas, avec une couverture et 3
  vignettes par l'auteur. . . . 2 fr. »
La Poésie populaire, avec un air
  noté et des images. . . . . 2 fr. »
Le Miracle de Théophile, de Ru-
  tebeuf, texte du XIIIᵉ siècle, mo-
  dernisé . . . . 2 fr. »

Charles Guérin

Le Sang des Crépuscules, poésies,
  avec un Prélude en musique de
  32 pages par PERCY PITT . . 5 fr. »
Sonnets et un Poème. . . . 2 fr. »

A.-Ferdinand Herold

La Légende de Sainte Liberata,
  mystère. . . . . . . 2 fr. »
Paphnutius, comédie de HROTS-
  VITHA, trad. du latin, orné de
  dessins de PAUL RANSON, K.-
  X. ROUSSEL et ALFONSE HEROLD. 2 fr. »
Le Livre de la Naissance, de la
  Vie et de la Mort de la Bienheu-
  reuse Vierge Marie, orné de 57
  dessins de PAUL RANSON. . . 6 fr. »
L'Anneau de Çakuntalâ, comédie
  héroïque de KALIDASA . . . 3 fr. »

Charles-Henry Hirsch

Priscilla, poème . . . . . 2 fr. »
Yvelaine, poème . . . . . 2 fr. »

Francis Jammes

Un Jour, un acte en vers, suivi de
  poésies . . . . 2 fr. »

Alfred Jarry

Les Minutes de Sable Mémorial,
  orné d'un frontispice et de gra-
  vures sur bois. . . . . . 4 fr. »
César-Antechrist. . . . . 3 fr. »
Ubu Roi . . . . 2 fr. »

F. Jollivet Castelot

L'Alchimie. . . . . . . 1 fr. »

Tristan Klingsor

Filles-Fleurs, poésies. . . . 2 fr. »
Squelettes fleuris, poésies . . 2 fr. »

André Lebey

Les Poésies de Sapphô . . . 2 fr. »
La Scène, 1 acte en prose . . 2 fr. »
Le Cahier rose et noir, poésies. 4 fr. »
Chansons grises. . . . . 3 fr. 50

Maurice Le Blond

Essai sur le Naturisme . . . 2 fr. 50

Charles Leconte

L'Esprit qui passe . . . . 6 fr.

Jean Lorrain

Contes pour lire à la Chandelle. 2 fr. »

Pierre Louys

Poésies de Méléagre (traduction) 3 fr. »
Aphrodite, mœurs antiques. Vol.
  in-8 carré, tirage à petit nombre
  numéroté sur beau vélin . . 10 fr. »

Maurice Maeterlinck

Alladine et Palomides, Intérieur,
  et La Mort de Tintagiles, trois
  petits drames pour marionnettes 3 fr. 50

Camille Mauclair

Jules Laforgue, essai. Introduction
  de MAURICE MAETERLINCK . . 2 fr. 50

Adrien Mithouard

Les impossibles noces, poèmes. 2 fr. 50

Albert Mockel

Émile Verhaeren, avec une Note
  biographique par FRANCIS VIELÉ-
  GRIFFIN. . . . . . . 2 fr. »

Laurent Montésiste

Histoires vertigineuses. Contes
  symboliques . . . . . . 2 fr. »

Eugène Montfort

Sylvie ou les émois passionnés.
  Préface de SAINT-GEORGES DE
  BOUHELIER . . . . . . 2 fr. 50

Alfred Mortier

La Vaine Aventure, poésies, cou-
  verture lithogr. en couleurs par
  GEORGES DE FEURE . . . . 3 fr. »
La Fille d'Artaban, un acte. . 2 fr. »

Georges Pioch

La Légende blasphémée . . . 2 fr. »
Toi. . . . . 2 fr. »

Georges Polti

Les 36 Situations dramatiques . 3 fr. 50

Pierre Quillard

Les Lettres rustiques de Claudius
  Ælianus, Prænestin, traduites du
  grec, avec un Avant-propos et un
  Commentaire latin . . . . 2 fr. »

Rachilde

Le Démon de l'Absurde, 2ᵐᵉ édition, Préface de MARCEL SCHWOB,
  portrait de l'auteur, reproduction
  autographique de 12 pages de
  manuscrit. . . . . . . 3 fr. 50

Yvanhoé Rambosson

Le Verger doré, poésies . . . 3 fr. 50

**Formats, tirages, grands papiers : au CATALOGUE COMPLET des
Publications du « Mercure de France ». Envoi franco sur demande.**

ÉDITIONS DV MERCVRE DE FRANCE

Extrait du Catalogue

Musique

Gabriel Fabre
Sonatines Sentimentales, quatre mélodies : 1° Chanson de Mélisande, de Maurice Maeterlinck; 2° Ronde, 3° Ballade, 4° Complainte, de Camille Mauclair. Couverture en couleur d'Alexandre Charpentier. Nouvelle édition . . . . 5 fr.

Enluminure

Filiger
Vierge à l'Enfant, miniature copiée à la main . . . . 3 fr.

Lithographie

Henry de Groux
Quelques exemplaires sur chine de la lithographie donnée avec les exemplaires de luxe des Œuvres Posthumes de G.-Albert Aurier. In-8° . . . 5 fr.

Formats, tirages, grands papiers: au CATALOGUE COMPLET des Publications du « Mercure de France ». Envoi franco sur demande

MERCVRE DE FRANCE

Fondé en 1672

(Série moderne)

15, RVE DE L'ÉCHAVDÉ. — PARIS

paraît tous les mois en livraisons de 200 pages, et forme dans
l'année 4 volumes in-8, avec tables.

ROMANS, NOUVELLES, CONTES, POÈMES, MUSIQUE, ÉTUDES CRITIQUES
TRADUCTIONS, AUTOGRAPHES, PORTRAITS, DESSINS & VIGNETTES ORIGINAUX

Rédacteur en Chef : ALFRED VALLETTE

CHRONIQUES MENSUELLES

Épilogues (actualité) : Remy de Gourmont; *Les Romans* : Rachilde
Les Poèmes : Henri de Régnier ; *Littérature* : Pierre Quillard
Théâtre (publié), *Histoire* : Louis Dumur; *Philosophie* : Louis Weber
Psychologie, Sociologie, Morale : Gaston Danville
Sciences biologiques : Jean de Tinan; *Économie sociale* : Christian Beck
Voyages, Archéologie : Charles Merki
Esotérisme et Spiritisme : Jacques Brieu
Journaux et Revues : Robert de Souza
Les Théâtres (représentations) : A.-Ferdinand Herold
Musique : Charles-Henry Hirsch; *Art* : André Fontainas
Lettres allemandes : Henri Albert ; *Lettres anglaises* : H.-D. Davray
Lettres italiennes : Remy de Gourmont
Lettres Portugaises : Philéas Lebesgue; *Échos Divers* : Mercure

PRINCIPAUX COLLABORATEURS

Paul Adam, Edmond Barthélemy, Tristan Bernard, Léon Bloy, Victor Charbonnel,
Jean Court, Louis Denise, Edouard Dujardin, Georges Eekhoud, Alfred Ernst,
Gabriel Fabre, André Fontainas, Paul Fort, Paul Gauguin, Henry Gauthier-Villars,
André Gide, José-Maria de Heredia, Gustave Kahn, Bernard Lazare, André Lebey,
Camille Lemonnier, Pierre Louÿs, Maurice Maeterlinck, Stéphane Mallarmé,
Paul Margueritte, Camille Mauclair, Charles Merki, Stuart Merrill, Raoul Minhar,
Adrien Mithouard, Albert Mockel, Charles Morice, Yvanhoé Rambosson,
Ernest Raynaud, Hugues Rebell, Adrien Remacle, Jules Renard, Adolphe Retté,
Georges Rodenbach, Saint-Pol-Roux, Camille de Sainte-Croix, Albert Samain,
Marcel Schwob, Laurent Tailhade, Pierre Veber, Emile Verhaeren,
Francis Vielé-Griffin, Teodor de Wyzewa, etc.

Prix du Numéro :

FRANCE : 1 fr. 50 — UNION : 1 fr. 75

ABONNEMENTS

	FRANCE		UNION POSTALE	
Un an	**15** fr.	Un an	**18** fr.
Six mois	**8** »	Six mois	**10** »
Trois mois.	**5** »	Trois mois.	**6** »

On s'abonne *sans frais* dans tous les bureaux de poste en France (Algérie et
Corse comprises), et dans les pays suivants : Belgique, Danemark, Italie, Norvège,
Pays-Bas, Portugal, Suède, Suisse.

ABONNEMENT ANNUEL POUR LA RUSSIE : 7 roubles par lettre chargée.

Imp. C. RENAUDIE, 56, rue de Seine, Paris

Alfred Jarry

Les Jours

et

les Nuits

Prix : 3 fr. 50

MERCVRE

DE

FRANCE

1897